带着自己远走高飞

◎文学新观赏·青少年读写范典丛书

主编／高长梅　王培静

姜煜暄　著

DAI ZHE ZI JI YUAN ZOU GAO FEI

花山文艺出版社

图书在版编目(CIP)数据

带着自己远走高飞/姜煜暄著. —石家庄:花山文艺出版社, 2013.6(2021.6重印)

(“读·品·悟”文学新观赏·青少年读写范典丛书)

ISBN 978-7-5511-1036-5

Ⅰ.①带… Ⅱ.①姜… Ⅲ.①小小说–小说集–中国–当代 Ⅳ.①I247.8

中国版本图书馆CIP数据核字(2013)第112156号

丛 书 名:文学新观赏·青少年读写范典丛书
主　　编:高长梅　王培静
书　　名:带着自己远走高飞
作　　者:姜煜暄

策　　划:张采鑫
责任编辑:于怀新
责任校对:齐　欣
特约编辑:李文生
全案设计:北京九洲鼎图书有限公司
出版发行:花山文艺出版社(邮政编码:050061)
(河北省石家庄市友谊北大街330号)
销售热线:0311–88643221
传　　真:0311–88643234
印　　刷:永清县晔盛亚胶印有限公司
经　　销:新华书店
开　　本:710×1000　1/16
字　　数:130千字
印　　张:10
版　　次:2013年7月第1版
2021年6月第2次印刷
书　　号:ISBN 978-7-5511-1036-5
定　　价:36.00元

读，是为了更好地写

高长梅

阅读的目的是长见识，是提升自己的文化素养。这是“读”的基本意义。

很多时候，我们的阅读也无任何的目的，就是为了消遣，为了解闷，为了打发时光。其实，这是“读”的另一种境界。

但对学生乃至爱好写作的人而言，“读”还是为了“写”，即人们常说的“读写结合”。这，却是大有讲究的。

“读什么”，“怎么读”，“读”如何促进“写”，这个问题困扰人们少说也有两千多年了。外国不言，单说我国自《诗经》始，《四书五经》到《千家诗》《古文观止》《唐诗三百首》，哪一个的“读”不涉及后人的“写”？“熟读唐诗三百首，不会作诗也会吟”就说明了“读”和“写”的朴素关系。

“读”于“写”的第一点，当是语言的积累。对绝大多数人而言，“会说”也“能说”几乎是与生俱来的，但这些不一定就是我们写作的语言。即使你“会说”、“能说”，但不一定能准确表述你的想法，你的所见所闻；尤其是不一定能用丰富的、生动的、形象的语言或简洁的、凝练的、科学的语言来描述人或事物或观点。写作当如建房，没有各式各样的语料积累，其结果可想而知。巧妇难为无米之炊，再牛的能工巧匠没有基本的建筑材料他也盖不起房子来。但语言积累，不是简单的语言记忆，要内化为自己的，要在自己的胸中发酵，要让它带上自己的思想、情感。这样，在写作运用时，就不会是简单的模仿甚至抄袭。即使是原句引用，也会与你的文章融为一体，恰到好处。初学写作者，常常苦恼自己词汇少，不能准确表述自己的思想;或苦恼自己写得干巴巴的,没血没肉;或苦恼自己虽写得字通句顺,却不像别人写的那样摇曳多姿;等等。多积累语言,是根治这种“疾病”的唯一药方。因此,我们在“读”时,就要看别人是怎么用字、怎么用词、怎么用句……来描写、叙述、来情、议论的。

“读”于“写”的第二点,当是技巧的化用。“我手写我心”,看似简单轻松,看似随意,但正如建房,砖头、瓦块、木料等都摆在了你的面前,却不是任何人都建得了房的,你得有建房的技能。写作也是一样,你得掌握一定的技巧。人物怎么描写,事件怎么叙述,情感如何抒发,道理如何论证,等等,你得掌握其基本的方法,然后才能“心到手到”,写出一篇像样的文章。我们要像建房者,先做“小工”,看人家是如何砌墙、如何粉刷的;然后做“匠人”,亲自实践,在模仿中掌握其方法,逐渐为我所用;“匠人”做多了,熟练了,就成了“师傅”。“师傅”一级,技巧娴熟,房建得漂亮。而用心的“师傅”爱钻研,爱琢磨,结合他人的方法创造出更好的新方法,他就成了“建筑师”。写作同理。我们不少阅读者,语言的积累比较重视,但琢磨人家写作技巧的不多,所以文学爱好者不少,但成为作家的就少多了,原因大概与这有一定的关系。因此,我们在“读”时,就要看别人是如何选择材料、如何谋篇布局、如何安排结构、如何运用表达方式、如何布置情节……看他们如何安排重点、如何把人物写活、件、如何条分缕析丝丝入扣、如何巧妙起承转合……

“读”于“写”的第三点,当是思想的融合。有了语言的积累,也掌握了一定的技巧,文章也写得是这么一回事了。但你的文章仅仅止于此,那也不过如同一栋能住人的房子而已。一篇文章品质的高低,除了语言的准确、生动、丰富、优美、灵动……除了构思的奇巧、结构的多元、情节的波澜、布局的精妙、手法的多变……是否有思想就显得格外重要。我们常说,这篇文章语言优美,构思巧妙,但立意不高。我们还常说,这篇文章不仅语言优美,构思巧妙,而且立意高,有思想。一篇仅靠语言打扮的文章,就好比一个俗人涂脂抹粉；一篇仅靠卖弄技巧和语言的文章，就像一个没有灵魂的美人卖弄风骚而已。语言可以记忆，技巧可以模仿，但思想要靠领悟，要融入作品之中去反复地阅读，要从深层次去寻找作者的精神。有的人的文章写得很美，技巧也妙，但就是没有深度，没有思想，没有灵魂，没有底蕴，往往就事论事，往往只是当复印机，复制了场景，复制了人物，复制了事件，但都是没有活力，没有生气，没有精神的。在阅读中提升自己的思想，的确常被我们忽视。思想靠别人的潜移默化来，精神也靠别人的影响而来。我们常听说在阅读中提升了自己，净化了自己，受了一次洗礼似的教育，等等，大约就是指这些吧。所以，我们在“读”时要琢磨别人是如何通过人物的描写表现人物的思想、精神，琢磨别人如何通过将一般人眼中的小事、凡事写出其社会价值，琢磨别人如何从一滴露珠看出太阳的光芒……如何选择语言材料最准确、最鲜明地表达出思想内容而非干巴巴贴标签，如何通过景、人、物悟出其蕴含的道理而非故弄玄虚牵强附会……

“读”于“写”的第四点，当是情感的交融。文章当有情，无论你是否抒了情，情就不自觉地流出了你的笔端。阅读中，我们除汲取作者的语言养料、技巧养料、思想养料外，还要品味、感受作者的“情”。与作者同悲，与作者人物同喜，置于作者笔下的优美环境而赏心悦目，等等。这就是受作者之“情”的“滋润”。文章是否感人，除了语言、思想外，有无“真情”很重要。朱自清的《背影》靠的是“情”的打动，鲁迅的《记念刘和珍君》这篇“血写的文章”其实靠的也是“情”的喷发。一篇只有华丽的语言而无思想的文章犹如没有灵魂的躯壳；一篇即使有非凡高度思想而无情感的文章也不过是一具可能具有文物考古价值的木乃伊。但“情”在文中的宣泄如何把握，这也是我们在阅读中要学习的。这也是我们常犯的错误。写作中我们或无病呻吟虚假瘆人，或情溢滥觞叫人发腻。让“情”如何恰到好处，非向好文章学习不可。这样，我们在“读”时，就要仔细琢磨别人是如何选择写作语言表达出作者的喜怒哀乐之情，如何传递作者人物的喜悦、哀思、忧怨、恋情，或深、或浅、或缠绵、或热烈，或似小溪的舒缓、或似大海的波涛、或似斗室之花的温柔、或似山野之花的奔放……看作者如何褒贬对象，看作者如何措辞达意致情，看作者如何巧借人、事、景、物以寄寓情感……

“读”于“写”的第五点，当是风格的鉴赏。所谓风格，它是一个作家成熟的标志，是作者在文章（文学作品）中表现出来的艺术特色和创作个性。我们鉴赏其风格，主要是学习他如何创造和完善文章（作品）的风格，也就是看作者在处理题材、驾驭体裁、描写形象、表现手法、运用语言等方面各有什么特色，最终形成了怎样的风格。这些风格，最后成了一个作家个性化的标志。当然，这是“读”的高要求了。琢磨多了，实践多了，很多写作者也形成了类似的风格，便也融入了原作者的风格之中，也就形成了“派”。比如“荷花淀派”、“山药蛋派”、“读者体”、“知音体”，等等。当然，也不能简单模仿，也要适时变化，否则当年散文必“杨朔式”、小说必“欧·亨利式”的文学闹剧就会重演。

习作者若能此，写出好文章就有可能了。

弄明白了这些，还有一个重要的问题是选择什么样的读物。读名著，当然好。但很多名著由于作者所生活的时代不同，社会环境不同，或阅读者的阅历不够，文化积累不够，不一定读得懂，更不用说借鉴于自己的写作了。

基于此，我们推出了这套《文学新观赏·青少年读写范典丛书》。这些作品，不是名著，但是属于好作品；没写重大题材，但大都真实反映了社会生活的变迁，人们精神面貌的焕然一新；没有高深莫测的技巧，但或平实、或奇巧、或清新可人、或浓郁奔放，更适合青少年读者学习、借鉴。

目录

CONTENTS

第一辑　海边童话

古钟……002
那年中秋的月亮……005
蓝宝石……007
白天鹅……011
那年夏天的故事……013
癞蛤蟆想吃天鹅肉……016
海边童话……020
狗皮帽子……023
今天没有尿急……025
老米赴宴……028

第二辑　映山红开的时候

卓娅和舒拉的故事……032
映山红开的时候……035
何二两……038
残羹……041
暴风雪的夜……044
我是瞪眼瞎子……047
木槿花……049

目录

CONTENTS

铁拐李…… 052

奖金的苦恼…… 055

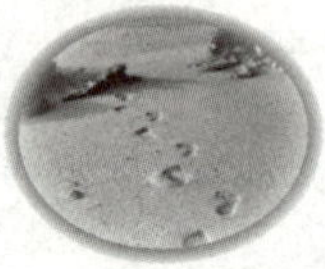

第三辑　走在路上

花姑…… 058

走在路上…… 061

卖烤地瓜的小女孩…… 063

一支派克笔…… 066

秋菊花…… 069

寻找黑面馒头…… 072

果园飘香…… 075

疤脸婶…… 078

逃出樊篱…… 081

两个人的黑暗世界…… 084

第四辑　四合院的石榴

黑牡丹…… 088

等儿子回家过年…… 091

猫喝牛奶…… 093

枣花…… 096

夜惊…… 099

深山里的老兵……101
四合院的石榴……104
别叫我“小右派”……107
丑货……110

第五辑　凉风吹拂的夏夜

荷花灯……114
蚕女……117
凉风吹拂的夏夜……119
老张的“手枪”……121
一双“回力鞋”……124
漂亮的打火机……127
甜甜的草莓……130
首饰盒的秘密……133
生命延续的凋零……136
送灯……139
哑炮……142
小炉匠三爷……144

CONTENTS
目录

第一辑

海边童话

古　　钟

老柳树上的古钟，犹如老态龙钟的老者，岿然屹立。风摆着柔韧的柳条，轻轻敲打着钟，发出清脆的响声。

每日朝阳蓬勃时，老校长伫立于古钟下，怔怔地看着，情不自禁地喃喃自语：老伙计，你咋也像我似的衰老呢？那神态就像与孩子窃窃私语，眼神泛着爱惜的光亮。

小时候，我每天踩着浑厚清脆的钟声上学，下学。老校长老了，背有些微驼，沧桑的脸，布满了岁月的沟壑，依然笑容可掬的样子。村人喜欢地叫他“老校长”，父辈那些人都是老校长教出来的。他是建校时从师范毕业来的，是坐着老牛车扛着行李来的。那时学校就他一个老师，每天他准时敲响古钟，就像吹响战场上的冲锋号，孩子们听到悦耳的钟声，小老虎似的冲进教室，静静地听他讲课。后来学校扩大了，又来了几名老师，他就当了校长，但他仍然教课。

学校是五十年代建的，古钟就是那时挂到树上的，至今没人挪动，人们也不愿意挪走。古钟究竟从何来的，说法不一，有说村里铁匠铺锻铸的，也有说是从老爷庙搬来的。从我记事时，古钟就挂在那，虽锈迹斑斑，却打磨得油黑锃亮，泛着蓝光。

老校长退休了，不能上讲台了，却依然守着古钟。

学校安了电铃，但他依然习惯于敲钟。有人奇怪地说：这老头真怪，放着现代工具不用，非要敲那破钟。那年，新来的校长说：这钟不当不正的，太煞风景了。要把古钟做废铁处理了，老校长死死地抱着钟不撒手，痛斥不止，泪水横流：谁要卖掉它，我就死在钟的面前。新校长无可奈何，只好罢手。

有一年，来了一位中年男子，围着古钟转来转去，里看外看的，然后欣然地笑了。偷偷地把老校长拽到墙旮旯儿，神秘地伸出两个指头。老校长迷惑问：二千？

中年男子微笑着说：不！

二万？

不！

二十万？

中年男子诡秘地笑着说：怎么样？

不卖！老校长气哼哼地，转身就走。中年男子不死心，又强拉硬拽：三十万，总可以了吧！

老校长很固执，不卖，那是无价之宝！中年男子还是不死心，缠着他不放手。老校长发怒了：滚！给我多少钱，也不卖！再不走，我就叫警察了！中年男子有些晦气，悻悻地走了。新校长摊摊手，惋惜地说：三十万啊，可惜了！

老校长翻出一摞小本子，递给新校长，一脸严肃地说：拿去吧，建新校舍吧。

新校长看着手里滚烫的二十万存折，惊呆了，眼眶闪着泪花。后来村人说，古钟是乾隆年间铸造的，那中年男子是倒腾古董的。

每年新校生入校，老校长都要站在古钟下，讲古钟神秘的来历，讲得津津有味。

夏天正午，我和一群小伙伴去河里洗澡，光顾玩耍，忘记了上课的钟声。被老校长堵在校门口，让我们站成一排，严厉地指责道，你们知道学生是干什么的吗？我嗫嚅地说：不知道。他大声严肃地说：学生就是好好学习，将来做个有用的人，父母把你们送来，就是盼你们将来有出息。我心里暗想，你也不是老师，就是个敲钟的，操哪门子心呀！虽然这么想，但没敢说出声。他照我的屁股轻柔地拍一巴掌，愠怒地说：还不快上课去！我一溜烟跑了。

挨了他的批评，我记恨在心，和几个调皮鬼戏弄他。将黑乎乎的沥青抹到古钟上，他白内障眼睛看什么都模模糊糊的，弄了他满身满手油渍，他竟然没恼火，还笑嘻嘻地说：这群机灵鬼，挺可爱的。父亲知道了，我挨了一顿巴掌。

老校长没有老婆，没有家，他孤身一人住在学校里。父亲说：老校长读师范时有一个漂亮的女人，曾来过小山村，不知啥原因，和老校长吵了起来，吵得很凶，后来女人哭得很伤心，从此再也没回来。父亲的讲述使我对老校长肃然起敬。我后悔做了对不起他的事，几次想向他承认错误，但终究没有勇气。

我是村子里第一个上大学的。他送我一支钢笔，语重心长地说：好好学习，写好人生每一步！我心头酸溜溜的，哽咽地点点头。那天，他异常兴奋，搬出一摞学生相册，指着照片的人物，如数家珍，记忆犹新。眼圈闪烁着幸福的泪花。

新校舍落成那天，省、市、县来了好多领导，领导向他颁发了全国“优秀教师”证。领导喊了几次他的名字，老校长都没有吭声。老校长没有一丝笑意，却抱头痛哭。然后，步履蹒跚地走了。

翌日，东方露出霞光时，古钟没有响，老师和学生发现老校长坐在柳树下，背靠在树干上，双目紧闭，手里紧紧握着敲钟的锤。老师和学生潸然泪下。新校长突然奏响古钟，清脆悦耳的钟声，传遍了山村，飘出了山外……

那年中秋的月亮

车厢里熙熙攘攘，人声鼎沸。然而，我的心却冰凉一片，从未有过的孤独忧伤。面对人生的重大打击，心灰意冷，思绪纷乱。十二年的寒窗苦，眼前一片渺茫，犹如秋天的落叶，任凭寒风吹落，茫然不知所向。

列车轰隆隆地行驶在黑夜，我像一只怏怏的小猫，蜷缩在车门口的角落里，痴呆地望着窗外一轮明月，心中一酸，眼泪止不住地流。

不知啥时候，一位姑娘挤到我身边。我给她让出一小块天地，皱了皱眉头，然后把头埋在双膝上，低沉无语。

哎，哥们你到哪儿去？我惊诧地抬起头。姑娘满面笑容地问我。我苦笑一下，到大连！

大连可是个好地方，茫茫的群山，浩瀚的大海，人杰地灵呀！姑娘愉悦地说。你是回家过中秋节吧！

我幡然醒悟，今日是中秋之夜。我说不是。

年轻轻的，怎么愁眉苦脸的。姑娘不解地问。又拿出两块月饼给我一块。我们就在车上过中秋节吧！你是外出打工的吗？姑娘的话语像春风般温柔。

我沉沉地说，不是。此刻，我好像突然间遇到亲人似的，恨不得把一肚子苦水倾泻出来，心才好受些。我告诉她，我在郑州一所大学读大一，因患了严重的肺结核，不得不退学。我哭丧着脸，沉痛地垂下头。

她静默片刻，突然笑吟吟地说，没关系，休学一年，养好病，明年再考，千万别灰心，只要有信心，没有迈不过的门槛！

我猛然一惊。

她说她也是退学的，她在天津一所大学读书，只是不喜欢现在的专业，所以退学，准备回家复读，明年再考！她说她想考北大！刹那间，我被她的话语所震撼，眼前为之一亮，脸一阵发烫，羞愧地对她笑笑。我有意识地瞅瞅她，那张清秀俊美的脸庞，竟然与我有着同病相怜的苦楚。

她微笑地说，你听过德德玛的《从头再来》吗？我点点头。她接着说，梅花香自苦寒来，也许这是人生的磨难，但它却是人生的财富！

我冰冷的心顿时融化在她的激情之中，她水一般的眼睛，就像明亮的月亮。我被她的激昂神情感动了，觉得浑身有些发热。她和我聊了很多很多，理想、抱负、事业……我不再沮丧颓废，随着她的激情波澜起伏。夜静悄悄的，月亮是那么明亮，那么妖娆！我们聊了一夜一路，无一点困倦。我说，我喜欢文学，要考就考北大！

她睁着大眼睛，惊喜地说，好啊，祝你成功！

列车驶进沈阳，东方露出鱼肚白，天亮了！我和她依依不舍地告别，她站在月台上举着V字形的手指（胜利的意思），满脸笑容地说，加油，明年北大见！我在家一边养病，一边复习，抽空写一些小说，每次我写完，都通过网络发给她，她都很认真地提出修改意见。每当我发表了作品，她都会在QQ聊天室打出一连串鼓励的话，再发一个QQ鬼脸，很可笑，很可爱。那个高兴劲儿就像她自己的成就。我们每天在网上相互交流，相互鼓励。我知道我已经爱上她了。我在兴奋和愉悦中等待着那一天的到来！

后来一段时间，她和我的沟通越来越少了，即使沟通，言语也不像先前那么激昂热情，有种低沉伤感的味道。问她，她也只是寥寥数语。说她很累，学习紧张。我很奇怪，她怎么突然变了呢？

第二年夏天，我顺利地考取了北大中文系，她也兴奋地说，她也考上

了北大中文系。我约她到大连看海!

我张望着出站口的人,没见她的倩影,我焦虑不安,怎么回事?突然一位姑娘拽拽我的衣角,微笑说,你是……我是她的妹妹!

那你姐姐呢?姑娘眼圈红润了,哽咽地说,姐姐走了!

什么,她走了?我一阵眩晕,头几天还在网上和我聊天呢?

那是我,姐姐已经走半年了!

那考上北大是怎么回事?

姑娘递给我一张入学通知书,看了上面的名字,我明白了一切,顿时泪如雨下。

其实姐姐根本不是什么大学生,她是骗你的,她说她骗你是为了激励你!姐姐为了供我念大学,放弃自己的学业,在天津打工,那次在列车见到你,就已经病入膏肓了。

泪水遮盖了我的眼帘,她的音容笑貌浮现在我的眼前。

我沉默地站在海滩上,一轮明月当空照耀,海面波光粼粼,我把那束玫瑰花一片片撒向大海!那首《从头再来》的歌声在我耳边响起!

蓝 宝 石

茂源老汉拄着拐杖,好不容易挪动到村支书的家,其实村支书的家并不远,住在一个村落,可是茂源老汉足足挪了大半天,这时村支书正在家吃晚饭。见茂源老汉一瘸一拐地进来，忙让上热乎炕，又吩咐媳妇炒了两个菜，将一瓶“二锅头”放到饭桌上。“来，茂源大叔，你来一趟不容易，咱爷俩喝一杯。”

“支书大侄子，我哪有心思喝酒呢？我来是求你帮我拿个主意，看看这事咋办好呢？唉，都怪我这不争气的两条腿……”茂源老汉一脸子哭相，火燥燥的。茂源老汉还没等村支书问是啥事，就一五一十地将心里话一股脑儿地全部倾诉给了村支书。村支书紧锁双眉，好半天缄默不言，突然眉宇绽放，与茂源老汉嘀嘀咕咕好一阵子。

“能行吗？”茂源老汉疑惑地问道。

“大叔你放心吧，一切后果我负责。”村支书拍拍胸膛。

茂源老汉心里有了底数，索性端起酒盅一口进肚，顿时觉得心里热乎乎的，临走时将一个盒子给了村支书。

村支书一脸子俨然坐在堂屋中间，一口跟一口地吸着烟就等大虎表态了。

“爹，日子不是过得好好的吗，咋又想起这事来了呢？”大虎皱皱眉头不解地说。

“大虎，你爹是不缺钱，也不缺穿，可你爹双腿不受用，啥也不能做啊。你整天在外面跑，家里谁伺候他，你咋就不明白老人的心呢？”村支书苦口婆心地说道。

“让外人咋看，爹找个后老伴，我找个后妈，丢不起人啊。”

不来硬的看来不行了，村支书掏出那个精美的小盒子打开，霎时蓝光闪闪，大虎立时惊愕，痴呆呆地盯着，因为他压根儿就没见过这东西，也不晓得村支书葫芦里卖的什么药。“这是你爹早年在金刚石矿上做工时挖到的蓝宝石，这里面还有一份遗嘱，待你爹百年后转交给你，但是必须把你爹的事办了。好坏由你爹挑选，这件事就这么定了。”村支书斩钉截铁地说道。

大虎不情愿地点点头应允。好在村支书做主，大虎也不敢说不行，也没那个胆子。

一日，村支书领着一位从山东来的中年妇女，茂源老汉见到女人泪流满面，长长舒口气，马上告诉大虎就她了。

要说茂源老汉一辈子真不容易，本来是硬朗朗的一条汉子，只因那年矿上出了事故。将他双腿砸断，从而半瘫痪于床上，大虎倒也孝顺，但是大虎整日开着农用车跑运输，哪有时间陪伴他呀。茂源老汉是饥一顿饱一顿的，冷热没个准，心里还总是惦记着大虎，一桩心事压在心头多少年撂不下。

保姆来了以后，茂源老汉脸上有了亮光，有了笑容。身上没了那股酸臭味，衣服也干净了，腿脚也利索了许多。保姆里里外外操持着家务，伺候得茂源老汉温温暖暖、舒舒服服。保姆对待大虎像自己儿子一样，家里啥事不用大虎操心，每天晚间回来热饭热菜，还和茂源老汉喝上几盅，省去了好多心事。保姆告诉大虎：她的男人因病去世了，自己孤苦伶仃一个人无牵无挂，就把这里当自己的家了。时间一长大虎倒想出一些心事来。一日大虎说："爹，婶挺好的，要不然我就认她做干妈得了。"茂源老汉诧异地乐了，乐得很甜，从心里甜到脸上。

日子就这么过了几年，屋里三口人和和美美。

那年那月那日掌灯时节，茂源老汉真的不行了，他上气不接下气，喘喘嘘嘘地让大虎快把村支书找来。村支书当着茂源老汉、大虎、保姆的面将蓝宝石盒打开："我郑重声明，蓝宝石有两块，这块是留给你的，后面刻有一个'虎'字，另一块在你娘手里。保姆是你爹让我写信找来的……遗嘱是你爹留给你的。"村支书一脸子严肃，说完后才松口气。大虎才不在乎宝不宝石的，他很想知道爹的遗嘱。

大虎：

我儿，早在闹灾荒那年一个乞讨的女人怀里抱着一个吃奶的孩子，我看娘俩可怜，收养屋内，那时女人和男人还没有正式结婚，为保住孩子的一条小命，那女人逃出家乡生下那个孩子，后来那孩子的父亲找来领走了女人，为给那孩子一个名分，将他留给我抚养，那个孩子不是别人，就是你啊！蓝宝石是日后你与你娘相见时的见证……

爹：茂源

大虎边看边哗哗流泪，泣不成声。

“大虎啊！其实你爹是个废人，那年矿上出事你爹的下身就不行了，一辈子儿没娶过女人啊。”村支书将茂源老汉的身世说给了大虎。

“大——虎——啊！”茂源老汉拉着大虎的手，指指立于身边的保姆，一个字还没吐出来就咽了气，临死前僵硬的手指还在空中悬着。

茂源老汉带着一脸子心满意足的笑容，却隐藏着一丝丝惋惜走了，衣服是保姆给穿的。

大虎扑通跪地号啕大哭：“爹，你就是我的亲爹呀！”这时大虎突然发现保姆手里紧紧攥着一块闪闪发光的蓝宝石……

白天鹅

望着门前茫茫的芦苇荡，一群群白天鹅，一会儿飞上蓝天，一会儿落入芦苇丛中，他悔恨万分，悔恨得捶胸顿足，他想一死了事，但他没有，因为还有可怜的妹妹。爹娘死得早，只有他领着妹妹孤苦伶仃地过日子。他用手挪动一下伤残的左腿，泪水在眼圈打转，所庆幸的是未造成惨重的恶果否则……他狠命抓着自己头发，痛不欲生。

“哥，别这样，你也不是故意的……”他抱着妹妹那条缠满白绷带的腿，心如刀割，痛心疾首，泪水哗哗流淌，那不是泪水，是心底鲜红的血液在流淌。“妹妹，我对不住你啊，让我如何向父母的亡灵交代呀！”他瞪着血红的眼睛，用拳头擂捶着脑袋，声嘶力竭地冲着蓝天飞翔的白天鹅哭喊：“上天啊！你惩罚我吧，我是不可饶恕的罪人啊！”

他从小在辽河岸边的芦苇荡里长大，打鱼摸虾，戏水抓鸟，是家常便饭，习以为常，整天无所事事，游游逛逛。当兵回来那年不知从哪弄了一支破土枪，到处游荡在芦苇丛中打猎，后面尾随一群小哥们，浑浑噩噩，打架斗殴。当兵两年别的没学好，却练就了一手好枪法，指哪打哪，百发百中。

芦苇荡的生灵究竟被他捕杀了多少，谁也记不清楚。妹妹时常苦苦哀求他：“你不要伤害那些生灵好吗？”他不以为然一笑了之。

那日，他拎着破土枪，穿梭于芦苇荡中，突见一只白天鹅在沼泽地里悠闲地觅食。他兴奋不已，毫不犹豫地端起枪就放，一只白天鹅立时扑倒于地。那是一只公天鹅，他拎起血淋淋的散发着血腥味的白天鹅，兴高采烈地走向芦苇荡的大堤。奄奄一息的白天鹅，微弱地喘着最后一口气，眼睛流下两滴泪水。当他走出芦苇荡时，身后传来一只白天鹅凄凉的哀鸣声，划破蓝天白云的芦苇荡上空，他俨然一副大无畏英雄者的架势，拎着收获的果实，哼着日本电影《追捕》里的小调，雄赳赳、大踏步地向前走去。

第二天，当他再次来到芦苇荡时，那只长啸嘶鸣的白天鹅，因思念朝夕相处、情意绵绵的公天鹅而悲愤哀叫。雪白的羽毛下，一窝软软的苇叶巢穴，散发着温馨的热气，刚刚出蛋壳的 2 只毛茸茸的小天鹅，在母天鹅的翼下，不时地伸着小脑袋晃来晃去，一双不谙人世亮晶晶的眼睛，窥视着陌生的世界。他毫不留情地一脚将 2 只小天鹅踢入沼泽地里，小天鹅凄惨地呼唤着母天鹅，阵阵凄凉声在芦苇丛中回荡、震颤，肝肠寸断。

他毫不客气，拎起白天鹅的脖颈头也不回地就走，母天鹅拼命地扑腾着翅膀抵抗，他心中大喜，不费一枪一弹，唾手可得，他照例掠夺回家，扒了皮，大卸八块，烀了肉，美餐一顿，优哉，优哉……吃饱了，喝足了，幻想下一个目标，美滋滋地进入梦乡。那天，他兴致勃勃地又一次穿过芦苇荡堤坝，经过一片稻田地时，忽然眼前一亮，前方一只白天鹅，在稻田地时高时低地飘动，他霎时眼睛血红，冒着穷凶极恶般的蓝光，睁得比牛眼睛还大，卧倒伏地，操枪瞄准……突然一记重重的拳将他击倒于地。与此同时枪响了，那洁白的物体倒下了。他顿时双眼冒金花，滚雪球似的倒在稻田地里，破土枪丢出大老远。

“我操你妈的，你找死啊！”他捂着红肿的脸，从指缝隙间觑视，村长满脸杀气，怒目圆睁，兀立于面前，他懵懂了。

“你个王八犊子，睁大你的狗眼，瞧瞧那是什么？”村长暴跳如雷，

一只粗犷有力的大手，像拎小鸡似的，顺着泥泞的稻田地将他拖拽着。当他被拽至那只白天鹅面前时，他顿时呆傻了。那原本是位少女，头扎着白纱巾，身穿着白衬衣，在插秧苗。她不是别人，正是他一奶同胞的妹妹。他疯癫了，悲痛欲绝，跪在泥泞的稻田地里号叫。蓦地，他一个高蹦起来，拾起那支破土枪，向旁边一块大石头上狠狠地砸去。"轰"的一声震耳欲聋的枪响，随即他倒在了血泊中……

那年夏天的故事

焦老师找到我时，我正在那片坡地种菜。焦老师骑辆破自行车，满头大汗，气喘吁吁，累得一屁股跌坐到地头。我光着大膀子，赤着泥脚跑过去，惊诧地问道：焦老师你怎么来了？

焦老师上气不接下气，双目死死地盯着我的脸，半晌才缓过气来说：复课一周了，你为什么不去？眼神蕴含着焦灼、疑惑、埋怨……

我低下头，不敢面对那双充满企盼和冷峻的目光，心里慌乱着，一只脚摩擦着地上的土坷垃，眼泪止不住地顺着脸庞流淌，嗫嚅地说：我爹他……

焦老师紧皱眉头，扶了下高度近视镜，喉结蠕动着，牙齿咬得嘎嘣响，自言自语：小农意识，小农意识……沉默良久，铿锵有力地说：走，找你爹去。

爹坐在小板凳上，一根接一根地埋头抽着旱烟，不吭气。我盯着爹饱经风霜的脸膛，心里酸溜溜的。

也难为爹了，与土坷垃打了大半辈子交道，从土地里刨食养活全家，还不到五十岁，看上去有七老八十了，满头白发，脸上像苍老的松树皮，皱褶叠峦，凹凸不平。脊背过早地佝偻了，像凸出的骆驼峰。母亲一辈子病怏怏的，整日咳嗽不止，卧床不起，家里外面就靠爹一个人撑着。从我记事起，没见过爹的脸有晴天的时候，总是愁云密布。唯有二两酒灌肚酣睡时，才有难得平静的脸庞。

焦老师忍耐不住了，语气像训斥学生似的：你在黄土地扒拉了大半辈子，难道让你儿子也同样吗？你一辈子过着巴苦巴苦的日子，难道让你儿子也过着同样日子吗？

焦老师气愤地站起来，左手叉着腰，右手指着爹吼道：你就是砸锅卖铁，也得让你儿子复课，你要为他的前途着想，这是当爹的责任，你懂吗？

爹双手掩面泪如雨下，啜泣地说，焦老师，我知道你是好心肠，也是为我儿子好，可是你看看我们这个家，我哪有那个能力啊？

焦老师环视一下家徒四壁的屋子，叹了一口气，抚摩着我的头，凝重地说，明天你就上学，复课费我来解决。

爹无话可说了，擦拭着泪花点点头。

这个夏天真是倒霉透了，高考分数差了一大截，名落孙山，我愁眉苦脸地将行李扛回家，做了最坏的打算。爹照例闷闷地抽着旱烟叶子，有一句，没一句地说：没考上也好，我和村长说了，在村子当个会计，找个活计干也罢……

那天焦老师把我叫到教研室，脸孔异常严肃，语言尖刻，办公桌拍得山响，毫不留情地指责我：怎么回事，为什么考这点分？你说清楚。

其实我并非考不上大学，也不可能考这么点分，在整个高三学年级，

我始终排列前三名，但在考场的一瞬间，我头脑一片空白，我想到了可怜兮兮的爹，想到了破落的家。我晓得倘若真得考上，爹供得起吗？索性草草了事。

面对期待焦灼的焦老师，无言以对，一肚子苦水无处可诉。

一周以后，爹步行二十多公里赶到学校，颤巍巍地将五百元钱塞到我的口袋里，一脸憔悴，凄然地说，我算计了，交复读费够了，剩下的钱留作吃饭用，过段时间我再想辙……

我疑惑地问："爹，你哪来的钱？"

家里的老母猪卖了，又凑了点。爹说。

我哭泣了，那是家里唯一值钱的家产了。

我把卖猪的钱交给了焦老师，焦老师十分惊愕地瞅瞅我，又瞅瞅钱，在手心里掂量了一下，没有言语，眼圈有些湿润。几天以后，爹捎信说，焦老师把钱退给了他，让他赎回老母猪。我的心震颤了，心底流淌着殷殷的血迹。

焦老师四十多岁，东北师范大学数学系毕业的，长得瘦瘦的，矮矮的，鼻梁架着一副高度近视镜，稀疏的头发老是不守规矩，耸立着，毛毛草草的。衣服纽扣总是扣得七扭八歪的，从来不修边幅，活脱脱一副农民像。据说在大学时的女朋友嘲讽他是蚂蚁串豆腐提不起来，因他的邋遢，弃他而去，从而再没谈过恋爱。焦老师平时少言寡语，总是一副严酷的面孔，然而焦老师的课却讲得很严谨，一环扣一环，触类旁通，一目了然，对学生充满严厉和慈爱，是学校公认的数学大师。

整个学年我没有回一趟家，馒头、咸菜、白开水，咬紧牙渡过难关。工夫不负苦心人，临近期末，我的学习成绩名列年级第一。

当年高考一举成名，进入清华大学数学系。在我大学即将毕业时，爹突然给我来电话，说是焦老师过世了，肺癌晚期。霎时，我泪如雨下，连夜赶回家乡。

主事的人很为难地说："焦老师没有子女，打幡咋办？"

我毫不犹豫地说："我来打幡。"

我跪在焦老师的坟墓前，泪水顿作倾盆雨。我不能忘记那日日夜夜为我补课的情景；不能忘记每周为我炖锅排骨猪肉汤，来增加我的营养和体能；不能忘记在进入考场前，为我特意买双布鞋，亲手给我穿上；不能忘记四年大学的费用；不能忘记谆谆的教诲……

大学毕业后，我毅然决然地离开了北京，回到我的母校，气宇轩昂地走向焦老师曾经站过的讲台。

癞蛤蟆想吃天鹅肉

那天，我突然发现在我家居住的楼房角，来了一个修鞋的，而且是个女的。我下意识地瞧瞧自己的鞋跟，好家伙磨损得很严重，已经偏一侧了。我索性坐到折叠的小板凳上，将皮鞋脱掉，头没抬眼没睁的，很自然随意地说：钉个鞋钉。

她稍稍抬起头，突然惊愕一下，又惊慌失措地迅速低下头，沉默不语，开始娴熟地钉鞋钉。就在她抬头的一瞬间，四目相视时，我突地愕然了，脑海忽然浮现一个人来。

读中学时，班里有位女同学叫婷婷。她长得很美丽，苗条的身型，白白净净的脸庞，水灵灵的大眼睛，脑后扎着羊角辫，一撅一跳的，左下颌有颗迷人的红痣，是学校文艺宣传队的。舞跳（跳“忠”字舞）得特别好，只要她一出场，必然引发男生狂风暴雨般的欢呼声。惹得我萌动着青春的燥火，上课老溜号，神不守舍，总是偷偷窥视着婷婷，满足心里的欲望。

婷婷坐在我的前座。那天实在憋不住了，便偷偷写了张纸条，里面夹张电影票，约她看当时最时髦的朝鲜电影《卖花姑娘》。晚间，我在影剧院足足等了一个多小时，也没见到她的踪影。我垂头丧气，电影是啥意思，咋回事，没有一点心情，就这样稀里糊涂地独自一人看了一场电影。

翌日上学时，发现我的课桌里有张纸条，我慌张地展开偷偷看，纸上没有一个文字，画了一个癞蛤蟆和一只天鹅。我当时差一点儿气晕了。你有什么了不起的，不就是有张漂亮的脸蛋，会跳舞吗？等着瞧……

我悄悄将她椅子的钉子拔出一小节。下课了她身子往上一挺，“刺啦”，衣服后面被那该死的钉子划个大口子。她顿时眼泪涌出，心疼地哭了。我佯装与己无关的样子，说：怎么了？哎哟，太可惜了。心里偷偷地乐，该，活该，我再叫你臭美，内心有说不出的愉悦。那是一件女式绿军装，在当时哪个女的要穿这一身绿军装，相当于现在的高档“名牌”，你说她能不心疼吗？那天的课她没有上，哭着跑出了学校。看她伤心的样子，我有点后悔了。后来我想，人家也没答应你，为什么一定要去呢？

年底，同学们就要上山下乡了，婷婷是独生子女没有下乡，留城了。临行前，我恐慌地找到她，说：对不起，我不该这样做，伤害了你。说着将一件女式绿军装送给她。

她娇嗔地笑了，没有言语，递给我一个陶瓷癞蛤蟆，转身跑了。从此再也没有见过她的面，也没有她的消息。

我偷偷观察她，黑黝黝的脸庞无一点光泽，臃肿的身子显得有些笨拙，指甲藏着黑黢黢的污垢，手上裂着一道道口子。衣服很破旧但很洁净。花白的头发，很利索地挽在脑后。我无论如何端详也与当年的婷婷融合不到一体，然而左下颌的红痣却一模一样。算了，不伤这个脑筋了，天下相似相像的人太多了，一时走眼的事谁都会有，也许我真的神经错乱了。

天空不知啥时候下起了霏霏细雨，一只癞蛤蟆不知好歹地爬上我脚面，我愤怒得一脚将它踢出老远老远。

她鞋修得很麻利，很快修好了，我扔给她一百元转身走了。

哎，给你找钱。身后传来她地喊声。

不用了。我头也不回地走了。

从此我每每经过修鞋摊自然而然地稍稍驻足，瞧上一眼，然而她却从不与我搭言，只是莞尔一笑。

暮秋的时候同学聚会，我左顾右盼没见到婷婷的身影。酒过三巡，大家南朝北国地聊起来，当然少不了提起婷婷。我竖耳静听，以解多年的疑惑、迷惘。

外号二愣子大言不惭侃侃而谈：婷婷现在可是落坡的凤凰不如鸡，惨了。我不免心一颤。你们还记得当年老师念的那封情信吗？大家急不可耐地说：你别卖乖了，快说得了。

你们知道谁写的？我着急地说：不知道。

我们班的傻大个“驴头”啊！想不到“驴头”还有这份天赋。“驴头”一米九零的个子，整天打篮球，学习鸭蛋一个，我们下乡了，“驴头”有特长留在县里篮球队。

我急不可待地追问：后来呢？

二愣子揶揄我说：别看你是班长，傻帽一个，不知趣还写情书呢，压根就不在她的眼里，她看重的是“驴头”。

我懵懂了，“驴头”有啥呀，不就是个子高，会打篮球吗？

当初婷婷以为“驴头”篮球打得好，将来跟他能出人头地，谁知事与愿违。二愣子顿了一下，若有所思。前些年婷婷和“驴头”双双下岗了，后来“驴头”肝癌去世了，婷婷是一朵鲜花枯萎了，日子过得苦楚楚的，领着儿子不知去向了。

二愣子说到此，我眼圈潮湿了，忽然想起那修鞋女来，心里不是滋味。

一天我突然发现那修鞋女消失了，角落里没有了她的身影，没有了她的摊位。我茫然、沮丧……幻想她倏地出现在我的面前。但奇迹没有出现，我在这迷惘、恍惚中慢慢地淡忘、消逝。然而那尊癞蛤蟆却始终伴随着我，老婆几次要扔掉它，在我劝阻下保存下来。

忽一日，我接到一个包裹，我迷惑不解，这是谁呢？我迫不及待，急忙仓促地打开。一件发白的女式绿军装和一封信展现在我的面前：班长，不，癞蛤蟆你好：当你看到这封信时，我已经不在人世了，我患了绝症。可是为了儿子，我奔波于东北的几个城市修鞋，挣钱供儿子完成了大学学业，儿子毕业后留在了北京工作，我现在可以轻松地走了。癞蛤蟆嘴里的纸条你看了吗？它不叫癞蛤蟆，叫蟾蜍……落款婷婷。寄信人是她的儿子。我大为吃惊。

我发疯似的砸毁了癞蛤蟆，一张纸条掉出。班长：你是癞蛤蟆，我就是天鹅，你不是要吃天鹅肉吗？我就是你要吃的天鹅肉，我爱你癞蛤蟆……婷婷。

我呆傻了，霎时泪水滂沱而下，喃喃地说：“癞蛤蟆想吃天鹅肉……”

海边童话

湛蓝的大海，不时地涌起簇簇的浪花，眺望天际，海天相融，浑然一体，天空飘着一丝淡淡的云。男人只穿一条小小的游泳裤头，裸露着黑黝黝的肌体，默默地坐在停泊的摩托艇船上，好像思忖着什么，偶尔直立起来，用高倍望远镜向海的深处望去。

“叔叔，你是猴子变的吗？”一声稚嫩的童音打断男人的思绪。一个五六岁的小男孩赤条条地立在他的面前，一双黑溜溜的小眼睛迷惘地盯着男人出神。

男人惊奇地笑了，反问道：“小朋友，你为什么说我是猴子变的呢？”

“你看你身上那些毛。”小男孩毫不隐讳地指着男人的前胸说。

男人明白了。他的确与别的男人不一样。胸前布满了长长的粗粗的黑毛，就是整个脸面也是毛草一片，简直是一个原始人，难怪小男孩说他是猴子变的。

“幼儿园的阿姨说人是猴子变的，叔叔你就像孙悟空一样。”小男孩两只肉乎乎的小手比画着，天真无邪地说。

这时，走过来一位少妇，拍了小男孩一巴掌，不好意思地说：“先生对不起，小孩儿不懂事，你不要见怪……”

“没关系，小朋友太可爱了，太好玩了。”男人甜甜地笑着，用手轻轻

地捏捏小男孩胖嘟嘟稚气的小脸蛋，眸子里闪烁着慈爱的目光。

小男孩身上斜挎着游泳圈，跟随少妇向大海奔去，还不时地折回头用惊奇的目光看着男人。神情好像说叔叔为什么是孙悟空变的，而我不是呢？男人目不转睛地望着小男孩，温馨地笑着，就像看见自己的儿子一样，触景生情，伤心地落下几滴泪水，转而，心里一阵儿愉悦、惬意，情意深深地向小男孩挥挥手。

小男孩无拘无束、天真活泼的一举一动，像一粒石子掷入平静的湖水荡起道道涟漪，勾起男人沉重的愁绪和痛苦。男人的儿子和小男孩的年龄差不多，那时儿子经常爬到男人的肚皮上，用小手揪着他的汗毛笑嘻嘻地说："孙悟空的汗毛会七十二变，你会变吗？"说着狠劲拔掉一根男人的汗毛，用嘴巴吹着。"咋不变呢？爸爸你不是孙悟空，你是黑风怪……"

那时男人会痴痴憨笑，用硬邦邦的胡子亲吻儿子，儿子慌乱地用手推开他的嘴巴，尖声叫唤："猴子扎人了，猴子扎人了！"男人就会一脸幸福。然而，也就仅仅的一瞬间，这一切就永远地定格了，一去不复返。男人不敢去想，不敢去回忆，因为那太痛苦了，太残忍了。

两年前的那个夏天，男人领着儿子，也是在这海边游泳。儿子聪明伶俐，游泳的速度他都比不上，儿子在前面游，男人在后面追，爷儿俩在波涛滚滚的大海中角逐追鹿，好不兴奋，好不高兴。忽然海面风云突变，儿子还没有反应过来，已经被吞噬了，无声无息地消逝了。男人愤怒了、疯狂了，奋不顾身地搏斗，试图夺回自己的儿子，但一切都是徒劳的。男人浑身血淋淋地被搜救船抢救上岸，捡回一条命。从此，男人搬到了海边居住，每日深情地望着波澜壮阔的大海，眼前就会浮现出儿子天真顽皮的笑脸。

有时男人恨得咬牙切齿，然而最终越来越绝望了。有时想着想着就泪流满面，唯有相伴着大海，就像相伴着儿子，才能抚慰心中伤痕累累的凄凉、痛楚。

“海蜇群来了……” 突然，人们万分惊恐地呼喊着。海面出现白亮亮一堵墙，铺天盖地呼啸汹涌地飘来。

男人一惊，毫不犹豫地开启摩托艇，急速地飞向大海，同时向大海的深处抛出一瓶红药水，以混淆海蜇群的视线。海蜇群见到红海水立即抛开小男孩，将摩托艇紧紧地缠绕，疯狂地翻滚奔腾。

当男人苏醒过来时已经躺在医院的病床上，全身插满了管子，下肢疼痛难忍，突然眼前一亮，他看见了立于床边的小男孩，他微笑着向小男孩点点头。男人环顾一下四周，并没望见少妇的影子，心里感到很奇怪。

护士噙着泪水喋声喋气地说：“少妇也是为了救小男孩被海蜇蜇死了。其实少妇并不是小男孩的亲生母亲，他是少妇从孤儿院领养的。”男人的心一阵颤抖，满脸痛苦，爱抚地摸着小男孩的头，默默无语。

小男孩望着男人被截肢的半条腿，稚嫩的脸蛋流淌着晶莹的泪花。小男孩哽咽地说：“叔叔，你的腿还会长出来的，孙悟空的脑袋砍掉好几次都能长出来，你是猴子变的，也会长出来的。”

男人笑了，笑得很凄然，流出了苦涩的泪水，说：“一定，一定会长出来的。”

两个月后男人痊愈出院，身边多了一个“小猴子”。

狗皮帽子

高林这些日子，脑海始终萦绕着一个苦闷的问题，凝视着狗皮帽子，心事重重，眼前时常出现那位沧桑的老人，心里酸楚楚的。

这顶帽子再普通不过了，表皮粗糙，大针小线，破旧的连捡破烂的都嫌不值钱，然而毛发依旧乌黑锃亮。他闯南走北，宁肯丢弃一切，却始终把它带在身边。后来高林到了省城，他让人做个帽筒用玻璃罩上。

每当有人与他闲聊时，他都会讲一段催人泪下的往事。

高林即将从省委书记的岗位退下来，越发激起他对这顶帽子主人的思念，他决定去一趟靠山屯。

虽然从省城到靠山屯大半天的路程，但他已经好多年没去了。他坐在小车里，眼睛紧闭，往事历历在目。

那年冬天奇冷无比，与那个年代的人一样，肆虐冷酷，冷得刺骨，酷得寒心。当时二十多岁高林是全县最大的走资派，被拉到全县各公社游街批斗。这天正是腊八，常言道：腊七腊八冻掉下巴。高林胸前挂着大大的牌子，站在靠山屯的村口低头认罪，蓄着长长的头发，没有戴帽子，雪花打在发帘上凝成冰凌，瑟瑟发抖，耳朵冻起亮晶晶的水泡。看守他的两个“造反派”，躲在一户人家围着火盆喝酒。

此时高林心如刀割，疼痛心寒，想了很多很多，甚至想到了死……

突然他感到了一股暖流，沁人肺腑，一顶帽子捂在了他的头上。

“天气这么冷，还不把人冻坏了，这是什么世道？”

高林惊愕地抬起眼帘，一位中年汉子挎着粪筐站在他的面前，高林向他点点头，投去万分感激的目光，那中年汉子向他怜悯地笑了。高林望着远去的中年汉子，心底流淌着冬天一缕阳光地温暖。

那一幕，令他终身难以忘怀。车身突然猛烈震动，高林昏了过去，等他醒来时躺在病榻上，乡长立于床前。“高书记你来怎么不打个招呼呢，这条路由于一条河截断了两头，始终想修桥，可乡里穷没钱修。”乡长是过去高林当县委书记时的通讯员。好在高林只是震昏了，不碍大事，高林立刻问：“老耿头在哪儿？你给我接来。”

“他刚才来看你了，刚刚回去。”乡长说。

“狗皮帽子呢？”高林急促地问。

“老耿头拿走了，他说这点小事，不足挂齿。咱这路不好，把高书记摔了，乡亲们对不住你呀！”乡长说：“这是老耿头临走时让我转告你的。”

高林越发急于见老耿头了，然而找了大半天谁也没有见到。

翌日，天刚蒙蒙亮，高林仓促上路，车行至那条河沟，眼前的场景让高林惊愕了。上百人在冰冷的河水里铺修道路，高林眼前模糊了，泪水挡住了他的视线。高林瞪大双眼急速搜索，那人群中好像有一个戴着狗皮帽子的，但似乎那些人都戴着同样的狗皮帽子。

今天没有尿急

老郭只从上次与方总见了一面后，便落下了毛病，一见到当官的就尿急，药吃了一大堆，偏方用了不少，就是不见疗效，像婴儿似的每日裤裆塞块"尿不湿"。医生说这不是生理现象，而是意念作祟，需要自我调节。尿急的毛病把老郭弄得苦不堪言，愁眉苦脸。

老郭为尿急常常自叹，埋怨自己，好好的我提那桩事干吗？假如不这样，也不至于得上这么个熬心病啊。

那年在公司表彰大会上，劳模一溜儿排队，等待方总接见，轮到老郭时，方总握着他的手，笑容可掬地说，身体如何？有什么困难？

老郭激动得眼泪都流出来了，就像当年红卫兵站在天安门广场望见城门楼的毛主席一样，万分激动，振臂高呼。方总是老郭见到的最大的官，你说老郭能不兴奋激动吗？一激动一紧张便尿急，老郭硬憋着不敢上厕所，其结果可想而知了。老郭与方总也是有缘分的，既是北大荒的战友，又是建设输油管线的工友，一锅吃过饭，一个工地搞大干。然而眼前一个是总经理，一个是老工人，差异太悬殊了。虽然同在一个大公司，但是几千里的管线你上哪去见次面，老郭又是在最基层，最偏僻泵站的小人物，要见方总的面犹如九品芝麻官朝见皇帝一样难。

老郭张了张嘴想借机跟方总说句心里话，然而话到嘴边，喉咙一松又咽下去了。这种场合也不便说啊！老郭一愣神，方总从身边过去了。

事后老郭这个后悔呀，觉得错过一次良机，自己咋这么笨呢？也许说了，马上能圆多年梦寐以求的夙愿了。想着思着就有些尿急，急三火四地低着头闯入卫生间，正好与方总撞个满怀。老郭再也忍不住了，就笑盈盈地很不好意思地说了，但说得很简单。

方总满脸挂着笑容，脸色有一丝的不易察觉的变化，只是一瞬间。老郭啊，这事有些难度啊！方总略微停顿一下又说，我考虑考虑，一定想法设法给你办。

语气和蔼温暖。

老郭将心事抖了出来，觉得浑身轻松多了，慌忙解决尿急，结果尿了一裤子。

虽然一裤裆骚气，但老郭还是高兴得不得了，觉得心里如此畅快、惬意。他紧紧握住方总肥厚的手，不知说什么才能表达感激之情。老郭就这样在企盼和愉悦中日复一日地度过了几年。

老郭与方总都是知青，当年两人一同从乡下到输油管线公司的。后来方总念了大学，老郭依然守候在偏僻的输油小站里。倒不是老郭不爱学习，或者不愿意念大学，他家地主成分，在那个年代能有机会读工农兵大学吗？再后来，方总当了总经理，老郭还是守候在小站里，一守就是三十多年。

老郭的老伴患有类风湿关节炎，几乎瘫痪于床，儿子远在千里之外的北京工作，两人都照顾不上，可把老伴毁了。

有一年老郭借去公司办事的机会，想再去找找方总，秘书说，方总出门了，晚上回来。老郭索性等吧。晚上老郭好不容易摸到方总的家，是个独门独院的二层小楼。老郭正在犹豫时，那道小铁门“吱呀”开了，老郭慌忙躲避开。

一位客人塞给方总一个小纸包，方总有些搪塞推脱，连连说：“这不好，这不好。”

就这点意思，来时匆忙也没给方总带什么。客人谦虚地说。

明天上班就让人事部给你办调转关系。

客人高高兴兴地走了，方总手里捏着那个小纸包转身进了门里，随之“咣当”一声铁门关上了。

老郭懵了，突然觉得尿急，急忙找一黑暗处，慌乱地撒了一泡尿。

翌日，事也凑巧，老郭办完事，在走廊碰见了方总。方总很热情与老郭打招呼，又把他拽到办公室。老郭顾不得瞧方总的办公室啥模样，反正是很大很宽敞，机会难得，就硬着头皮说，方总你看我这点事，不好意思老麻烦你。

方总略思忖了一下说，什么事？还吞吞吐吐的！

老郭嗫嚅地说，我想调回公司基地，能照顾照顾老伴。

方总哈哈大笑，用手拍了一下脑门，老郭你瞧我这记性，每天烂头事没完没了，把你这事给忘了，工作忙啊！

老郭兴高采烈地迈出方总的办公室，大步流星向卫生间走去，尿急啊！

那天，老郭特意给老伴打个电话，说是方总已经答应了。

老伴悻悻地说：这么多年都熬过来了，也不差这几天，等退休后再回来，少些麻烦人家。

老郭想想也是，好在有个女儿在老伴身边照顾。从此老郭把这事抛掷脑后，不再想了。

那日，站长说，明天方总陪同上级部门到站里视察工作。

老郭大清晨就擦洗设备，擦得很细致很耐心，一点灰尘不沾，油光锃亮。擦着擦着老郭心里就酸溜溜地难受，眼泪扑簌簌地落下，锈滞的目光里蕴含着恋恋不舍的神情。

中午，方总一行人来到机房。老郭用抹布擦着油乎乎的手，方总笑逐颜开地将老郭介绍给上级来的领导。忽然方总微笑着说，老郭，你调转的事，回去就办。

老郭满脸皱纹，眼圈闪着泪花说，方总，谢谢你了，明天我就正式退休了……

方总顿时惊愕，一脸尴尬木讷。

说来奇怪，老郭今天没有尿急。

老米赴宴

老米本不想赴这次酒宴，但他不得不去，因为这是专门宴请他的。他不去，酒席怎么开，酒如何喝，扫兴。否则老米八抬大轿都不会去。因为老米从内心鄙夷、蔑视他们，瞧见了浑身不自在、发痒。老米有时恨得要命，便暗地里骂他们“二鬼子”。老米是个滴酒不沾的人，然而这次他却疯狂了，喝得烂醉如泥，不省人事。

老米快退二线了，因为他什么职衔没有，按规定五十五岁就要让位回家了。老米在机关干了一辈子秘书，也没闹出名堂。老米没有文凭，但老米的文章写得不赖，在公司号称“大笔杆”，多少学文秘的大学生败在他的笔下。老米初中文化，但老米悟性好，写的讲话稿、总结等，领导满意。他能琢磨透每位领导的口味语气，写出的文章有新意，有观点，语句通顺流畅。有人对老米说：老米写得不错呀！老米就扬扬得意，好不惬意。老米想：领导的水平，就是我的水平。业余时间老米还发表了不少文章，因而有不少闪光头衔。什么研究会秘书长、市作协理事、秘书协会常务理事，等等，但没一个硬碰硬的，全是虚的。即使如此老米还是乐此不疲，沾沾自喜。老婆时常揶揄他：整天摆弄破文字，值几个钱，你看人家哪个不弄个什么长的？忙活不到正点上，白痴一个。

老米不服气地说：女人头发长见识短，你懂什么？骑毛驴看唱本走着瞧。老米心里想，好歹我也是个作家，他们算什么，摘了翎花顶戴还不如我，别看他们现在耀武扬威的，退休了谁理谁还不知道呢，洋巴个球。一想到这，老米就自鸣得意。

老米性格古怪，见到谁都头不抬，眼不睁，一副自命不凡、怀才不遇的架势。有人说：老米虽然才高八斗，人也不坏，就是太自命清高，谁都不在话下，谁都不在眼里。

有一次，为份材料，与经理的意见不一致，挣得面红耳赤。经理让他修改一下，他硬是不改，还说出一大堆理由来，把经理气得眼珠子都要掉出来。当然经理绝不会按他写的讲。他写的材料别人休想动半个字，谁要动，他就跟谁急，若要说他文章写得不好，他会骂你八辈祖宗。那场面就像打仗似的，谁跟他自讨没趣，没意思。长此以往，老米成了天马行空，独来独往。

那年推荐科级干部，机关的人见到他，笑眯眯地说：老米你该请客了，我可画你一票了。老米听了心里美滋滋的、舒舒服服的。喜不自胜地说：请，一定请。那几天老米一改常态，见到谁都一脸笑容，时不时地还故意与人搭讪几句不着边际的话。老婆见到熟人也乐不可支：咱家老米这回熬出头了，要当科长了。每顿还给老米特意炒几个好菜，老婆强逼老米喝杯啤酒，说是：现在你得锻炼锻炼酒量，不然的话，将来怎么陪客人啊！

老米就兴高采烈地说：知我也，老婆也。结果老米没有当上科长，空欢喜一场。老米绝不服气，便气哼哼找到经理说：为什么不提我，画我的票不少啊！

经理微微地笑了：老米，你说你多少票？

老米理直气壮地说:大家都说画我票了。

经理哈哈大笑,严肃地说:老米,你总共就二票,你自己一票,你老婆投你一票。

老米惊诧了,一脸狐疑地说:不可能呀?

经理不紧不慢地从抽屉拿出那张画票单,说:你自己瞧瞧吧!

老米顿时傻眼了,惊愣半天说不出话来。

那天小主任跟老米说:经理今晚请你喝酒。

老米不屑地说:请我喝啥酒?

小主任诡秘地说:经理听说你要退二线了,专门请你的。

老米一惊,气不打一处来,没好声地说:我还有大半年呢,撵我走是不是?

那天,老米被小主任强拉硬拽去的。老米到酒桌一瞧,顿时火冒三丈,一圈人除经理外,清一色科室的头儿,就他一个白丁。霎时条件反射,还没等经理说开席话,老米瞅都没瞅一眼,端起酒杯岔声地说:大哥我先干为敬。大家还等着经理祝酒词,老米突然来这么一出戏,顿时面面相觑,大眼瞪小眼,谁也没吭声。

心想,老米今天怎么了?

老米看看大家喝下了,唯有经理正襟危坐不端杯,嘿嘿一乐,又端起一杯酒仰脖而下。大家顿时傻了,老米不喝酒呀?今天好生奇怪?真人不露相。大家你一言我一语地恭维老米:老米有酒量,豪爽!

老米突然号啕大哭,酒精发作了。老米暴跳如雷,大发雷霆,连撅带骂,指着经理的鼻子骂声像炒蹦豆似的,谁也劝不住。经理气得浑身哆嗦,鼻子都气歪了。酒席不欢而散。

翌日,老米的脑袋疼痛难忍。小主任把他拽到旮旯儿角,悄声地说:老米呀,聪明一世糊涂一时,本来要提你当副主任,昨晚大家是祝贺你,那是我故意隐瞒真相,就拿退二线做由子,你可好,全让你搅了。

老米一听,顿时魂飞魄散。片刻,老米一溜小跑向经理办公室奔去。

第二辑

映山红开的时候

卓娅和舒拉的故事

鄙人真是胆大妄为，竟然与俄罗斯名著相提并论，然而确是真真切切的故事。

那是我大学报到的第一天夜晚，辗转反侧，翻来覆去在床上“烙烧饼”，无一点睡意，于极度兴奋中又有些沮丧、黯然。望着水洗般的月亮，闪烁的星空思绪万千，捧着那本翻烂乎的书，卓娅又浮现于我的眼前。我敢断言，如果没有卓娅，我无论如何也不会迈进省城这所最高学府的。

我的老家在偏僻的大山深处。那年暑假，隔壁王奶奶家从省城来了一位漂亮的小姑娘，是王奶奶的孙女，我称她卓娅，称自己舒拉。一群山里的小伙伴围着她的前后左右，向她投去惊奇的目光，就像观察外星人似的，目光充满着迷惘。她带来好多新奇、新鲜的事，我们小手拄着下颌痴痴的听她讲那些从来没听说过的故事。为了酬谢卓娅的辛劳，我领着小伙伴爬山上树，采摘山杏、山枣、山梨送给她。卓娅一边甜甜地吃着野果，一边滔滔不绝地讲着。

炎热的正午，我们一群小伙伴光着身子，下到清水湾嬉戏，突然卓娅怯懦地出现岸上。我们慌乱了。我一边游水一边往她身上撩水。恐慌地说：“你快滚，你快滚。”可她却甜嘻嘻地笑着，不理不睬，懵懂地看我们戏耍。我们无计可施，

慌忙择路爬上岸，仓促地穿上衣服。这时卓娅才发现我们赤条条的，惶恐地用小手捂住绯红的小脸蛋。

不久我惹了一场大祸。那天，卓娅趴在墙头上，忽闪着一双黑亮的眼睛，看我们骑人打马架。卓娅的到来，使我在小伙伴中的威望削弱了，有些自卑感，便捣蛋地说："谁也别跟她玩，小子儿和丫头玩烂脚丫子。"随手抛了一块石头，就是这块石头惹了天大的祸。只听那边"啊"的一声，我顿时惊呆了。等我晓得事情的结果时，卓娅已经满头缠绕着白纱布，在乡医院缝了好几针，细皮嫩肉的小脸蛋上挂着一道道血痕。王奶奶颠着"三寸金莲"，指着我的鼻梁骨骂道："小兔崽子，我孙女有个三长两短，我轻饶不了你，变成丑丫头将来就嫁给你……"

奶奶挪动着小脚跟王奶奶好个赔礼道歉，我吓得躲在奶奶身后哭着，尿都尿到裤裆里去了。

夏季，群山环绕的大山里，一片绿荫葱葱，习习的凉风吹拂着，夜静悄悄的，明月皎洁，洒下一片银白色。奶奶家的门前耸立着一棵古老的柳树，遮天蔽日，树荫下有一好大的磨盘，晚间村民落座于大柳树下，讲着大山里的神话，絮叨那些老掉牙的故事。

小伙伴聚集一起捉迷藏，草垛边、小溪旁、树林间，你来我往，躲躲藏藏，好不热闹，好不惬意。

卓娅缠绕满头纱布嘟囔着小嘴要和我们一块玩。我怨气地说："不带她。"卓娅拽拽我的手，嗫嚅着："带我玩吧，舒拉，我一点不生你气。"说着递给我一样东西，我一瞧黑乎乎的，我说："这是什么？"

她笑滋滋地在我耳边悄声悄气地说："巧克力，很好吃的。"

我惊疑了，我从来没见过这东西，别说是名字了。自从爹妈去世后，一直是奶奶扶养我，我连这山沟沟都没出过，山外是啥景象，简直是"天方夜谭"，就别说"巧克力"了。我小心翼翼地用舌尖尝尝一点点，呀，咋这么好吃呢！

从此我对卓娅格外有好感，处处偏向着她，时时护卫着她，心里有种怪怪的感觉。她不在时就觉得兴趣索然，一点意思都没有。只要和她一起玩，心里就有说不出的高兴、愉悦，时常特意在她面前彰显自己，想赢得卓娅对我的好感。

有一次我竟然荒谬地对小伙伴们说：“以后谁要欺负卓娅，别说我对他不可气。”我挥动着小拳头在小伙伴面前晃动着。

有一天，小伙伴们在山坡玩起了花轿，我和卓娅头上戴着五颜六色的花环，小伙伴们抬着我们俩，好一阵儿欢呼：“卓娅、舒拉，新郎、新娘……”那是暑假里我最高兴的一件事。

转眼间，夏天过去了，秋天降临了，学校开学了。卓娅临走前的夜晚，悄悄地把我叫到小溪边，送给我一本书《卓娅和舒拉的故事》。她说省城有好大好大的图书馆、好大好大的科技馆、好多好多的高楼大厦。我痴呆了，不知所以，心里翻滚着一股热血，激荡着怦动的心，我像一匹草原的野马奔腾不已，想往那扑朔迷离的梦幻世界……

卓娅走了。从此再也没有见过她。打那以后我像丢了魂似的，闷闷不乐，少言寡语，每天孜孜不倦地学习。那本书翻阅了无数次，卓娅和舒拉的故事始终在我脑海萦绕，卓娅的笑容时常在我的梦中飘动，一想到她心就飘然飞舞，有时还想：将来一定娶卓娅做老婆……那时卓娅十二岁，我十三岁。

我只有一个心思：走出大山，去看看大山以外的世界是啥模样，我知道那里还有个女孩叫“卓娅”，朦朦胧胧，有种说不清的向往。我的学习突飞猛进，遥遥领先，一直考入县里的重点高中，最后冲进省城大学，圆了梦寐以求的梦。

凝视着眼前的书，我又想起了那本《卓娅和舒拉的故事》，有些怅然若失。在这茫茫的人海中我还能找到卓娅吗？卓娅还是她原本的面目吗？

映山红开的时候

秀走的时候，正是映山红盛开的时候。她欢天喜地的，一脸幸福，笑得像鲜艳的映山红，脸颊飞蕴着紫粉色的两瓣花朵。

那天晚上，我俩坐在山坡映山红丛中，聊了好长好长的时间，直到皓空的月亮挂在中天。秀的脸上荡漾着无比兴奋的笑容，掩饰不住内心的喜悦，高兴地说：映山红花开的季节我会回来的，你也去吧，我们俩是个伴。

我凄然地笑了笑，摇摇头。

说句心里话，我真的舍不得秀走，秀和我从小在大山里长大，一起上学，一起砍柴，一起玩石头剪子布，形影不离。村里人说，你们俩像亲姐妹似的。此时她要走了，我感到有些孤独凄凉，便哽咽地哀求她说：秀别走了，你走了，我怪难受的。

她笑了笑，似乎在思考着什么，说：我总不能蜗在这山沟里，穷一辈子呀，我要出去闯一闯，抗争一下自己的命运，等我有了钱就回来。

秀虽然生长在大山里，却长得白白净净，细皮嫩肉，杨柳细腰，一双水灵灵的大眼睛，忽闪忽闪的，炯炯有神，有着青山一样秀美，大山一样质朴。她喜欢穿着一件紫粉色的上衣。她说，她喜欢映山红的颜色。

那天来了一位中年男子，他说他是服装厂的老板，到村里招女工的，到城里的服装厂做工，一个月挣不少的钱呢。秀是坐拖拉机走的，我一直送她到村口，站在山坡上，见她渐行渐远，紫粉色的衣服在春风中飘逸洒脱，像一只美丽的紫蝴蝶翩翩飞舞。

我做梦都想像秀一样，展开翅膀像蝴蝶一样飞翔，可是娘卧床不起，我走了，谁来照顾她呢？只好把那份幸福深埋心底。

秀总像个大姐姐似的护着我。记得念书时，有一次，我被一个男生欺负哭了，秀猛地拽下男生的饭盒顺手扬了满操场，那男生气得嗷嗷叫，毫无办法，饿了一顿肚皮。我很钦佩秀的胆量。打那以后，无论什么事，我都向她请示，没有了她，好像没了主心骨似的。

秀不仅长得漂亮，歌唱得特别好，喉咙像只百灵鸟鸣唱，学校每次文艺演出，她都是台柱子，美丽的歌声赢得雷鸣般的掌声。很多小男孩在后屁股追她，给她写情书，她不屑一顾，置之不理。秀有她自己的想法，有她不灭的幻想。

第二年映山红花开的时候，秀突然回来了，是她爹把她领回来的。秀失去了昔日的笑颜和光泽，满脸憔悴，目光呆滞，少言寡语。

我迷惑心急地问她：秀你这是怎么了？

她浑身颤动，抽泣地说，她被老板骗了，骗得很惨啊！老板将秀的贞操掠夺去了，答应给她一大笔钱，一处房子，还答应与她结婚。秀单纯的心在这谎言企盼着，等待着。然而，风云突变，老板的厂子倒闭了，老板夹着钱不知了去向。

秀每天坐在村口山坡上，望着漫山遍野的映山红，痴呆地叹息着，泪水顺着脸庞流淌。

秀总也想不明白，便喃喃地说："怎么会这样呢？"

我含着眼泪劝慰她，还是留在山里吧，这里的人淳朴厚道，山村里安谧、平和，没有人会欺负你的。秀默默无声，只是吧嗒吧嗒地落着眼泪。

忽一日，秀接到一封女友的信，秀又恢复了往日的欢乐活泼，一边收

拾行李，一边哼着歌曲，脸上露出映山红似的笑靥。秀说她还是要走，要去很远的地方，和那些打工的姐妹一起去韩国的工厂当印染工。听说那边能挣好多钱，一年下来就能挣座别墅。秀说，干两年攒足了钱就回来，然后买处房子，找个爱她的男人，生儿育女，安安稳稳地过日子。

临走前，我们俩专程跑到县城照了一张合影照片，胸前插了一束映山红。秀甜蜜地笑着说：我在那边想你的时候，就看看照片和映山红。

秀坐着拖拉机走的，我站在村口的山坡上送的她。那天，阳光温暖地洒在怒放的映山红花朵上，衬托着一层金光闪闪的光彩，泛着怡然的色泽。秀还是穿着那件紫粉色的衣服，飘飘悠悠地去了。我落下伤心的泪水，默默地为她祈祷。

一日，村里突然来了两个警察，说是让秀的爹去城里认人。那天我陪秀的爹去的。秀静静地躺在冰冷的太平间，脸上充斥着恐惧和愤懑，长长秀发凌乱地披散着，那件紫粉色衣服在寒风中微微地颤抖着，衣袋里装着那张合影照片，被海水侵蚀得面目全非。我扑到秀的身上痛哭流涕，声嘶力竭地呼唤着，秀，你这是怎么了……

警察说，秀上当受骗了，被海上蛇头骗去偷渡韩国，小船行驶海中，突然遇到狂风大浪，船被打翻，淹死在海里。

秀的坟墓坐落在村口的山坡上，我在秀的坟上烧了那张照片，又插满了映山红……

何 二 两

何二两倚着柜台，摊开一包油炸花生米，青筋暴跳的手颤巍巍地端起酒杯，将干瘪的嘴唇贴近杯沿上，“趾溜”一小口，吧嗒吧嗒嘴，又伸出舌尖舔舔上下嘴唇，眯缝着小眼睛，细细地品味着浓浓的酒香。

徐二爷搬过一把椅子，又端来一大盘小葱、黄瓜之类的蘸酱菜，说：何二两，给你再加个菜。说着与何二两对饮起来。

何二两微睁了一下浑浊的眼睛，“哼”了一声，拿起一根黄瓜，蘸上一撇大酱，慢悠悠地咀嚼着。村头的小卖店是何二两每日必去之处，一来打上二两酒，自斟自饮，不亦乐乎。二来店主人又是徐二爷，一天见不到他心里就不舒服，不踏实。村里的人全不在他的眼里，他可以随心所欲地混骂一通，唯独有点惧怕徐二爷，因为徐二爷救过他的命。

早些年，俩人在山外的镁矿给日本人采矿石，山下镇子有一妓院。那时何二两正是血气方刚的棒小伙子。一天，何二两借着酒劲偷偷摸摸地闯进妓院，一来二去，便与叫小红的姑娘好起来。欠妓院一大堆银子还不起，老鸨子纠集一群打手，把他打得昏死过去，下身血淋淋的一片。是徐二爷把横陈于马路边奄奄一息的他背回了家，养了大半年才痊愈的。

徐二爷关切地说：何二两，这么大岁数的人了，悠着点喝，喝多了，没

人照看你。

何二两又“哼”了一声。何二两原名“何魁”,孤寡一人,一生嗜酒。前些年,每天一定到供销社打上“二两”酒,一饮而尽,拂袖而走,久而久之,村人就称之为“何二两”。这些年,何二两老了,供销社黄了,腿脚也走不动了,好在徐二爷的小卖店隔着近,到是方便了许多。何二两每天是三点一线,土坯房(家)、大柳树、小卖店。二两酒下肚,蹒跚着步履到村部门前的大柳树下,坐到碾盘上,双脚伸平,两手一绰,靠在柳树干上,眼睛迷迷糊糊的,似睡非睡的样子,尽情地享受阳光的抚慰。或者与一些老头老太太聊着那些陈芝麻烂谷子,可他从来不提妓院那档子事。当然与徐二爷唠得最多,少不了他俩的某些隐私。

徐二爷许诺替他保密,烂到肚里,装进棺材,埋入黄土。

何二两一辈子没有结婚,但屋里却有女人。从矿上回来的第二年初春,正是闹饥荒,何二两在大清河岸边背回一个饿昏的女人,后来那女人就成了何二两屋里的人。再后来女人生了一个小子儿,成了何二两的儿子。何二两自从有了儿子,每天将儿子扛在脖梗上,心花怒放,手舞足蹈地在大柳树底下乘凉嬉戏。

有一次,女人因儿子把尿尿到饭盆里,重重打了儿子。

何二两顿时面孔狰狞,脸红脖子粗地愤怒道:“谁叫你打我的儿子。”说着扇了女人一巴掌。儿子吓得嗷嗷大哭,尿便喷泻而出,顺着何二两的脖颈往下流。何二两不急不火,反而乐嘻嘻地说:哎哟,小兔崽子,就这么点胆呀!哪像俺的种啊。有人说,何二两从大清河岸背回的女人就是他以前相好的。也有人说,不是的,那女人是关里来的。究竟何方人氏,谁也说不清楚。

儿子不像他,很内向,学习又好,把何二两乐得屁颠颠的,逢人便讲他娃如何如何的好。为了养活娘俩,何二两没白没黑地上山打石头,据说是铁路铺轨道用的。一块石头八分钱,何二两一天能凿出三十块,就是二块四毛钱。何二两时常兴高采烈地牵着儿子的手，到供销社买包吃的，儿子边吃边笑嘻嘻地跟在后面欢蹦乱跳的。何二两绝不吃一块，当然二两酒是必喝无疑的，脸红扑扑的，倒背着手，笑眯眯地走在乡村的土路上。偶尔遇到村人故意显摆说，到供销社给儿子买好吃的了。

转眼间，春去秋来，何二两的儿子去了省城读大学，还是村里第一个大学生呢。屋里的女人患病撒手人寰。何二两孤苦伶仃，有些凄凉凉的。

徐二爷同情地劝慰他说：不行再找个女人照顾你吧。

何二两的头摇得拨浪鼓似的，锈滞的眸子凝视着屋里女人的遗像发愣发痴。

再后来儿子留在了省城，很少回来一趟，偶尔回来也是匆匆忙忙的。但是何二两很高兴，很惬意，逢人便说，儿子昨天回来了，送来好多俺这辈子都没见过的好吃的。手里拎着一瓶好酒，晃晃悠悠地找徐二爷去了。徐二爷弄上几个农家小菜，老哥俩对饮起来，一直喝到月亮挂到树梢，一醉方休为止。

何二两每月十八雷打不动地去储蓄所取钱，一取就是好几百，那是儿子寄来的，手里握着百元大票遇见人就说：儿子又给我寄钱来了。村人羡慕地直咂舌头，多孝顺的儿子，何二两没白心疼一回啊！

有一年，何二两被小车拉走了，没几天又回来了。徐二爷疑惑地问他："放着福你不享，你怎么又回来了？"

何二两苦笑着说："城里那些玩意俺不习惯，上茅房还得坐着，软绵绵的床像棉花套子，别扭啊！"

何二两说着掏给徐二爷两盒烟，你知道这是什么烟吗？一盒好多钱呢。

徐二爷惊诧了，他确实不知道叫什么烟。

何二两笑嘻嘻地说，这叫"中华"，一盒五十多块呀，都是上头大干部才享受的……满脸笑容，心里有说不出的自豪和愉悦。

那天，阳光暖洋洋的，何二两坐在大柳树下睡着了，睡得很安静，很安详，脸庞挂着笑容，没有一丝痛苦。嘴里叼着半截香烟，手里握着酒壶，嘴角还挂着一滴酒。

入棺时是徐二爷给净得身，擦到下身时，在场的人都惊骇了，何二两那命根子，从抹根就没有了。

残　羹

就是那盘残羹，祸起萧墙，葬送了我一段美好的姻缘，现在想来还心惊肉跳。

高中毕业因家里穷，没有报考大学。爹愁眉苦脸地说：小五子，你看看这个破家，哪有钱供你上大学啊，委屈你了，明天还是跟爹下地干活吧。

我凝视着满脸愁云的爹，泪水在眼圈里打转，咬紧牙帮子没有落下，偷偷地跑到山冈上痛哭了一场。

从学校扛回行李的第二天，我便跟爹下田地干农活了，心里苦闷，不说一句话。母亲流着泪对爹说：这样也不是法子啊！把小五子憋出病来可咋整！要不赶紧说门亲，让他舒舒心。爹沉闷地抽着烟，双眉紧锁，点点头。

一天，姑妈领着一个姑娘来到我们家，说是给我相亲。我哪有心思相亲，碍于姑妈的面子，我不情愿地硬着脑瓜皮与那个姑娘见了面。

一见面，我惊诧了，那位姑娘竟然是我高中的同学，叫芳。芳羞涩地笑着，头微低着，手不自然地捻着披散在胸前长长的秀发，小声小气地说，我早就知道是你，姑妈都跟我说了。

我疑惑地问道："你喜欢我什么？"

她眼神迷人地笑着，嗔怪地说："我喜欢你的韧性。"

我们会意地笑了。也许同病相怜的原因，我和芳很谈得来，说句心里话，我真的很喜欢她。我的心情好多了，有时还唱那"千年等一回……"娘和爹也高兴地抿着嘴乐。

芳在学校学习很好，要不是因为家里穷，考大学是板上钉钉的事。记得有一次一道数学题难住了我，便不好意思地求助芳。芳是班级公认的"数学家"，芳反复耐心地讲解。打那以后，我就经常地请教她，她总是不厌其烦地教我。年终数学考试我竟然全学年第一名，超过了芳。

那时我很敬慕芳，偶尔还胡思乱想一些杂七杂八的东西。

过了一段时间，芳的母亲要到我们家"视察"，说是要给芳把把关。也难怪，谁家姑娘找婆家，不选一选，挑一挑，那是一辈子的大事。

那天，爹兴高采烈地置办了一桌酒席，很丰盛的，亲戚邻里的都来了，好不热闹。我烦他们喝起酒没完没了，便高兴地拉着芳的手，去了河边树林聊天。芳那天特别娇媚，温柔地依偎在我的怀里，我被芳燃烧得浑身爆发，不顾忌一切疯狂地亲吻着她。

大家酒足饭饱，海阔天空地聊侃着。母亲饿着肚子在厨房收拾杯盘，见一盘残羹油乎乎的，不忍心倒掉，便狼吞虎咽地把残羹喝了。芳的母亲一脚门里一脚门外，瞧见了娘窘迫的样子，皱皱眉头，一脸不悦，眼球狠狠剜了娘一眼。娘不好意思地说：尽油花，倒掉怪可惜的。芳的母亲听说我们家穷的还欠外债，索性拎着芳的手，拂袖而去。无论姑妈和娘如何劝解，都无法挽回败北的局面。

我愤怒地大喊：都走吧，不就是因为我们穷吗，大不了我打光棍到头了……

芳边走边回头望着我，眼圈噙着晶莹的泪水。我的心隐隐作痛。娘老泪纵横，悻悻地说：都怨我啊！

翌日，我一气之下，打起背包去了很远的地方。

三年后，我又回到这个穷山沟。用挣的打工钱和学的技术，在家乡搞起了菌蘑养殖。几年的光景家里富了，我还办了菌蘑培植基地和深加工厂，使村子成了远近闻名的富山沟、小康村。我也完成了自学考试的全部课程，圆了大学的梦。

生活好了，有了钱了，爹和娘为我的婚事越发忙活了，很多姑娘从我眼前飘然而过，我就是没一点感觉，脑海始终萦绕着那盘残羹和芳的影子。姑妈说，我出走不长时间，芳就去了南方打工，究竟在何方，就无人知晓了。

有天，我在报纸上看到一则震撼人心的报道，一位小姑娘患了白血病，无钱医治，生命危在旦夕，希望大家伸出援助之手，寻觅配型的骨髓。读着读着，我潸然泪下，又想起那残羹来。

我立即给报社汇去二万元，又申报捐献骨髓。人世间竟有如此的惊奇，我的骨髓竟然和小姑娘极其匹配。

做手术那天，我飞到南方那个城市，见到了小姑娘，大概五六岁的样子。看着她乖巧可爱的样子，有种说不出的亲切感，好像与小姑娘在哪里似曾相见过，但一时又想不起来……

医生告诉我小姑娘很可怜，没有父亲，她妈妈是一个来南方打工的，身无分文，背着她到处下跪求医。我的心一阵震颤，又想起那残羹来。

小姑娘得救了。她的母亲非要见见我不可，在医生的百般劝说下，我无可奈何地答应了。

那天，医生领着一个女人进了我的病房。我顿时惊愕不已，小姑娘的妈妈竟然是芳。

芳也惊诧了，霎时，悲痛欲绝，泪如雨下。俄顷，芳哽咽地说：“你知道你救的小姑娘是谁吗？”

我迷惘地说：“她不是你女儿吗？”

芳泣不成声地说：“她是你的女儿……”

暴风雪的夜

狂风暴雪摧枯拉朽般席卷大地，瞬间万物窒息，暴雪肆虐地袭击着我的身躯，让我瑟瑟发抖；狂风肆无忌惮地吞噬着我，让我张着大口喘不过气来。脚下的冰路一跐一滑，寸步难行。我扶着路边的一棵树，狠狠地骂了一句：“这是什么鬼天气。”

已经足足走了三个小时，还没走上一半路程，我悔之晚矣。面对狂风暴雪，茫茫的黑夜，我的心情坏到极点了，一种无助的恐慌压抑着，甚至想到生命的完结，便瘫坐在雪地上发出绝望的叹息。

忽然远处若明若暗的闪烁着一点点微弱的光亮，霎时，生存的渴望使我眼前一亮，顾不得饥饿和疲惫，匆忙向那光亮步履维艰地挪去。踉踉跄跄，几乎是四肢爬行，才摸索到果园里的两间房屋，用尽吃奶的力气敲击着门。

“谁呀！”一个甜脆的女人声音。

“我是过路的学生，想借个宿。”我冻得哆嗦着说。

房门打开了，我的身子像面条似的，软绵绵地栽倒在地上。等我清醒过来，已躺在滚烫的炕上，周身暖洋洋的，寒冷挥之而去。

“醒过来了。”一个温柔的女人声音。

借着微弱的灯光线，我才看清楚那是位二十多岁的姑娘。绯红的面颊，俊俏的脸庞，脸上镶嵌着一对迷人的酒窝。

姑娘端来一碗玉米粥、一碗红薯、一碗白菜炖豆腐，我毫无顾忌，狼吞虎咽地吃起来。一支烟的时间，肚子鼓胀起来，浑身有了精气神。不好意思地说：“谢谢你了！”

姑娘甜笑着说：“这有什么谢的，出门在外谁还没有个难处。”

我扫视一下房间，发现屋里只有姑娘孑身一人，我疑惑地问道：“怎么家里就你一个人？”

姑娘微笑着说：“爹在城里饭店做厨师，不经常回来，过几天我也进城去。”

我立时觉得浑身有些拘谨，神情紧张，不知所措，便起身局促地说：“我得往家赶了。”

姑娘慌忙地说：“走不得的，外面风雪很大，深更半夜的怎么走啊，天亮后再走吧。”

后来我才知道，那天的暴风雪是五十年来罕见的一次，冻死不少牲畜，损毁不少树木、蔬菜大棚……我庆幸自己躲过一劫。

如果不是母亲催促我回去相亲，这鬼天气，即使倒找钱我也不会回去的。那时我正在师范读书。每次回家乡，母亲总是泪水涟涟地唠叨着：“老大不小了，早点说门亲，也了却我一门心思，向你死去的爹也有个交代。”

我很心疼母亲，她孤苦一人，那几亩地就靠她一人忙活，还要供我念书，真的辛苦她老人家了。我感到很愧疚，应允了母亲。

屋里闪着昏暗的灯光，窗外暴风雪恐怖地呼啸着，我一筹莫展，情绪纷乱，心慌慌的，走也不是，不走也不是。姑娘好像看出我的心事，羞涩地说："你就睡这吧，我在椅子上打个盹就是了，天快亮了，我给你看着钟点。"

这一夜我失眠了，翻来覆去地睡不着，屋里黑黑的，异常地寂静，姑娘蜷缩着身子，发出轻微均匀的鼻息声。一个大男人让陌生的姑娘照顾，不免心里有些过意不去，轻轻地说："地上挺冷的，还是到炕上睡吧。"也许姑娘困倦极了，黑暗中窸窸窣窣脱掉外衣，头朝里睡下了。

朦朦胧胧中，听见灶间噼噼啪啪燃烧的柴草声，不时地飘散着浓郁的烧草味。姑娘蹲在灶口忙活着烧饭。

吃罢早饭，谢过姑娘，我就匆匆忙忙地上路了。姑娘轻盈地撵出门外，递过一件羊皮袄，亲切地说："这是爹穿的，你要不嫌弃就穿上吧，很暖和的。"

霎时一股暖流涌进心头，我眼睛潮湿了，一句话也没说。默默凝视着姑娘漂亮的脸蛋，我像个孩子似的，很柔顺地让她给我穿上了羊皮袄。

母亲焦急地在家门外张望着，见了我满脸笑容地把我迎进屋里。兴高采烈地说："你可回来了，把我吓得一宿没睡安稳。我让你相亲的那姑娘我看过，长得很俊，很贤惠的，是个过日子的女人。"

母亲絮絮叨叨说了一大堆话，我是半句也没听进去，脑海中还在想那位姑娘。一整天我都心不在焉，默默无语。那位相亲的姑娘没有来，也许是天气的原因吧！我到有些轻松。

下午，风停了，雪住了，太阳照在雪地上闪烁着银色的光芒。我费一番周折才劝好母亲别管相亲的事了，便悻悻地赶回了学校。当然那件羊皮袄还穿在我的身上，还真舍不得还给姑娘，甚至晚间睡觉时也把它紧紧地抱在怀里。心想，等放寒假时再拜谢姑娘吧。

放寒假的头天晚间，我和几个同学到小饭店聚会，一位同学偷偷地将一个烟头掺进菜里，然后大呼小叫地训斥服务员。服务员忙解释说："对不起，我刚来，我给你们换一盘……"我光顾低头系鞋带，猛一抬头，蓦地惊愕了，女服务员就是送我羊皮袄的姑娘。

顷刻，脸火辣辣的，像被人狠狠地扇个耳光子似的，心突突地乱蹦着，慌作一团，尴尬的脸侧向一边。当我回过脸来，发现姑娘正盯着我看，我慌乱仓促地冲出饭店，匿于茫茫的夜色中。

我是瞪眼瞎子

我天生一副菩萨心肠，遇见凄凉的事就会触景生情，多愁善感，潸然泪下，否则就不会发生那天的事情。至今想起还感到郁闷窝火，难以言喻。

前些日子，来了一位大学同学，我请他到"回头河"的酒家。

那天，回头河两岸灯火璀璨，明月当空，垂柳婆娑，乌篷船游弋，恰似一幅"小桥流水人家"的画景。我挑选一处临窗雅间，老同学一边呷着酒，一边赞不绝口："好一派江南风光啊！"我们聊得热火朝天，兴致勃勃。

"叔叔点首歌吧。"一声稚气的童音打断我俩的思绪。我抬头凝视着面前的小姑娘，上下打量一番。小姑娘有 10 岁出头，身着一件红斑点的唐装，扎着两根小辫子，搀扶一位中年男子。男子戴着一顶礼帽，身着一件长袍衫，鼻梁上架着一副墨镜，眼眶上有一条明显的疤痕，怀里抱着一把二胡，是个瞎子。

我突然想起“太湖畔边的阿炳”“卖火柴的小女孩”，油然升起怜悯之情。小姑娘将歌单递给我：“叔叔点首歌吧！”目光透射出哀求的神色。我的心震颤了，蓦地联想起我的女儿。

我说：“就来《二泉映月》吧！”

“你看到没有老同学，这些人是社会最底层的，连学都上不起，何况他父亲是个残疾人呢？”我有些沮丧激昂。

“中国要改变现状，需要经济高速地发展啊！”老同学感叹地说。

一首《二泉映月》拉完了，确切地说拉得水平太低了，小姑娘唱得还凑合。我同情地甩出一张百元面票：“不用找了，让小姑娘多念点书吧！”那男子迅速接过钱高举着用手摸了摸。

“咋的，假钱吗？”

“不是不是，对不起先生。”那男子忙不迭地作揖致歉。

接下来唱的是啥，拉的是啥，啥时候走的，就不晓得了。我俩天南海北地胡侃着，广场时钟敲响了 12 下，已是子夜，才恋恋不舍地离开了回头河。

女儿就要上小学了，妻子工作忙脱不开身，只好我带她到回头河购买学习用品。女儿一路蹦蹦跳跳欢唱着，突然一辆飞驰的摩托车冲女儿而来，将女儿撞倒在地哇哇直哭。我顿时火冒三丈，愤怒地吼道：“你瞎呀，没看见人啊！”

“谁瞎？你不靠右侧通行怨我啊！”骑摩托车人的嗓门比我还响。我突然惊诧了，怔怔地瞅着他眼眶那条明显的疤痕，木讷半天，疑惑地问道：“你不是瞎子吗？”

“你才瞎呢！”他狠狠地回敬了我一句。

“爸爸，那天一百元就是这位叔叔给的，还让我上学读书呢。”小姑

娘扯扯他的衣襟，嗫嚅地说道。清纯的眸子中折射出惶惑的神情。他慌乱地拽着小姑娘择路而逃。

我的脑袋瞬间柽梏，差点眩晕过去，骂我自己是个大笨蛋，是个瞪眼瞎子！

木 槿 花

我千方百计摆脱了父母的阻挠，毅然决然地去了大西北的一个偏僻城市的师范学校。其实我满可以报考离家近的，条件好的师范学校，或者其他专业，但我却离经叛道，与父母的意愿背道而驰，竟鬼使神差地报考了这所学校。

高二时，新来一位班主任老师，是个女的，教我们数学。她叫“穆锦花”，她的名字和校园那片盛开的木槿花谐音同名，同学们就称她为“木槿花”。她长得就像木槿花一样美丽鲜艳，苗条婀娜的身姿，秀气迷人的眼睛，温柔白皙的笑脸，整齐洁白的牙齿，活泼可爱，尚未脱去纯洁女孩的稚气。

虽然称她为老师，其实比我们大不了一二岁，然而却很沉稳而矜持。

记得她第一天给我们上课时，以我为首的几个调皮鬼，想给木槿花一个下马威，把她轰走，换个男老师。以前有位女老师，被我们捉弄得哭哭泣泣走了。便想出一个损道，将一盆水顶到门框上，木槿花轻轻一推门，“哗”地一盆凉水从头浇到脚底，水在木槿花的身上像瀑布一样流泻，引得同学轰然大笑。课堂顿时乱作一团，好像闹市场似的，乱哄哄的一片嘈杂声。

木槿花立刻惊愣了一下，脸色一阵儿红一阵儿白。旋即，莞尔地笑了：看来同学们很欢迎我这个新来的老师啊，感谢同学们的最高的礼节……同学们顿时愕然，大眼瞪小眼，哑口无言。我心里偷偷地乐，心想，这老师有病吧？怎么没急眼发怒呢？

须臾，木槿花甜笑着问道：“你们知道傣族人家待贵宾的礼节吗？”同学们鸦雀无声，几十双眼睛定定地盯着她，连我这个最捣蛋调皮的也张口结舌了。

傣族人家的最高礼节是泼水节，那是一种吉祥的象征，一种最美丽的祝福。木槿花滔滔不绝、津津有味地讲述着。同学们的目光刷地扫向我，我霎时脸火烧火燎、滚烫滚烫的，浑身像无数条小虫在撕咬吮吸着。如果不是木槿花亲口说的，真不敢相信她是傣族人。

有一次，我把一个同学打得鼻孔出血，木槿花一把抓住我的衣领，问我为什么打人？我不服气地一把将她脖颈的项链撕断，散落于地上，我突然发现项链的鸡心里镶嵌着一个男人的照片。她突然发疯般将我打倒在地。事后，体育老师哈哈大笑说：“木槿花在学校学过柔道。”我有些胆怯了，总是躲避着她走。然而心里还是很敬佩她的。

学校开运动会，她训练我们五公里长跑，我这个号称长跑冠军，竟然没跑过她这个丫头片子。运动会前日，木槿花给我一包巧克力，是一块绣着木槿花的手帕包的。她说，巧克力可以增加热能量，国家运动员的必备品。从而木槿花的影子在脑海中缠绕，挥之不去。那次我没有辜负她的希望，一举夺魁，并打破学校纪录。

说来怪异，从此我开始专心致志地学习，班里再也没发生古怪的事情。然而内心却有种说不清道不明的幻想，甚至会在梦乡中反复闪现那

块精美的木槿花手帕。

有一天正上自习课时，木槿花突然去收发室接一个电话，回到教室双眼红肿红肿的，眼角还挂着泪痕。我想她一定哭了，而且哭得很悲痛，很伤心。我一直以为她是个刚烈的女子，想不到她也有伤感的时候。

半个月后，校园里的木槿花开得火红火红的，木槿花突然走了，去了大西北。

我办好一切报到手续，便急不可耐地给木槿花支教的学校打电话。是位男人接的，我兴奋地说："我是穆锦花的学生，想拜见一下穆老师。"

那位男人沉默了好半天才吞吞吐吐地说："好吧，我一定转达到。"似乎很不情愿的口吻，我有些纳闷、迷惑不解。

蜡烛映照出柔和的光彩，我静静地坐在咖啡屋，等候木槿花的到来，望着窗外万籁寂静的星空，突然有种空旷孤独之感，不禁浑身打个寒噤。不经意间，我忽然发现墙角处有一盆木槿花，盛开着艳丽的花朵，飘着淡淡的清香。油然而生一种忧伤的心绪，便沉默地遐想着。

你是穆锦花的学生吗？一位老人慈祥的话语，扯断我的思绪。

我点点头。他递过一块木槿花手帕。我霎时懵懂了，疑惑的眼神怔怔地盯着老人悲痛的脸膛。我跟随老人默默地来到一片凄凄青草的坟墓。

老人眼圈湿润了，噙着浑浊的泪水，哽咽地说："我是穆锦花老师支教学校的校长，穆老师她在头几天走了，山里发洪水，泥石流爆发，穆老师为了救护学生，被泥石流卷走了。"

我疑惑地发现墓碑刻着两个人的名字。老校长凄然地说："那是她的男朋友，去年患病死了，木槿花为了完成男朋友的遗愿，才到这里支教的。"

瞬间，我脑海一片空白，手里紧紧攥着那块木槿花手帕，涔涔汗水浸透了美丽的木槿花手帕。

铁拐李

小镇很小，一条小街从南至北不过百米，然而却很繁华，路的两侧自然而然地形成了一条菜市小街。因小镇傍临渤海湾，卖海鲜的自然多。

铁拐李每天坐在小吃铺的门前，右手拄着拐杖，左腿盘在右腿上跷着二郎腿，衣衫褴褛，头发灰土土的，永远也洗不净的脏兮兮的脸，堆满污垢。贼溜溜的眼睛盯着那些卖海鲜的渔民小贩。抬头看看升起大半空的太阳，拄着拐杖一瘸一拐逐个挪到那些摊位前，用拐杖敲敲地摊，那些卖臭鱼烂虾的人便痛快地递过三五块钱。以此类推走完一遍，铁拐李的衣袋里便装进百拾来元钱，而后悠然自得地晃入小吃铺，点上两个菜，要上一壶酒，慢悠悠地自饮起来。

铁拐李，姓李名正，姓和名到很好听，“理正”，可名字与他本人的德性太悬殊了。皆因瘸了一条腿，拄着个拐杖，整日醉醺醺的；又因“八仙过海”中有个“铁拐李”，顾将此名搬在他身上。铁拐李的爹娘早年去世，扔下他孤零零一人，没爹养没娘教的。三十挂零了，还光棍一条，成了浪迹小镇的混世魔王。瞧他那副穷酸相，镇上的人没有理他的，只有那群小孩崽仔爱逗气他，碰见他就远远地喊着：铁拐李，不讲理，整天拎着拐杖要饭吃……

铁拐李激怒了，拄着拐杖撵着骂：小兔崽仔，等我抓着你们，把腿给你掰断和我一样，看你们还骂不骂了……惹得周围的人哄堂大笑。

那年深秋时，一位小姑娘拎着一塑料桶海蛎子，挤在摊位的夹缝中卖着。铁拐李拐着腿，用拐杖“咚咚”敲着塑料桶，脏乎乎的手伸到小姑娘面前。小姑娘立时惊慌失措，忐忑不安地问：你干什么？

不懂规矩吗？铁拐李胳膊窝拄着拐杖，眯缝着小眼睛气哼哼地说。

什么规矩？小姑娘胆怯地问。

保护费呀！铁拐李理直气壮地说。

什么保护费，不明白。小姑娘瞪着惊悸的目光。

你他妈的，不交保护费还想在这卖货。铁拐李恶狠狠地骂道。“咣”地用拐杖将一桶海蛎子打翻在地，小姑娘顿时呜呜大哭，用小手一捧一捧往桶里划拨撒在地上的海蛎子。一边划拨一边哭诉着说：“休息天好不容易赶海敲打的，卖了钱好交学费的……”

旁边的人气愤了，纷纷指责铁拐李，铁拐李却蛮横地说：“谁叫她不交保护费了。”什么保护费呀，那是铁拐李美其名曰的。那些卖货摆地摊的人图个吉利，不与他一般见识，损失个三块五块的不算个什么，另外也确实可怜他孤身一人。

这时来了一位警察，拎起铁拐李愤怒地说：“你好意思欺负个小姑娘。”警察愤怒地扇了他一个耳刮子。这小子可倒好跪地上就磕头，头磕在地板上“咚咚”作响，说：“警察你是我爹，我怕你了，我服你了。”铁拐李就怕警察用手拷子扣他，因为他吃过哑巴亏，曾经被扣过一天一宿。当时是又叩头又告饶，转过腚就不是他了。警察愤然地大喊：“滚！”用力踢了他一脚。又掏出二十块钱给了小姑娘，温情地说：“回家吧，这钱留交学费。”小姑娘哽咽地说：“谢谢叔叔！”

旁边卖鱼的人说：“剩下的海蛎子就权当我买了。”说着递给了小姑娘钱。

铁拐李原本并不瘸，两条腿好好的，活蹦乱跳的，那是被人打断的，才成了今天这个熊样。那年夏季。小街走来一位身着白色兰花连衣裙的姑娘，腿一踮一踮的，铁拐李看着稀奇，眼睛发直。有人和他打赌，你要敢过去摸她一下给你一百块钱。铁拐李不知好歹，伸了伸舌头，小脖梗梗的，眼睛瞪得溜圆说：那有什么不敢的。铁拐李蹭蹭从后面跑过去，掀起姑娘的裙子，往里掏了一把。谁知铁拐李惹了天大的祸。随姑娘一同的几个外地人将铁拐李打倒在地，一顿拳打脚踢，铁拐李满脸是血，趴在地上鬼哭狼号地叫妈，从此落下残疾。

铁拐李虽然是个无赖，却有一手绝技，在小镇上有点小名气，无论啥样的防盗门，没有他打不开的。谁家的钥匙锁屋里了，都有求于他，三捅咕两捅咕门就打开了，末了扔给他几个钱。

春天时，一座厂房在小镇上拔地而起，给小镇带来一种新气象。一天一辆豪华轿车停在铁拐李面前，车上下来一位漂亮的姑娘，只是腿不好有点瘸，与铁拐李嘀咕了半天，铁拐李便钻进小车里一溜烟跑了。

后来那家厂子开工了，是一家防盗门制造厂。

突然有一天，一位衣着光鲜，皮鞋锃亮，头发梳得一丝不乱，腋下拄着拐杖的人，一位漂亮瘸腿的女人挽着他。走到每个摊位前递过一张百元大票，面色羞愧地说："前些年我对不住你们，今天我赎罪来了……"说完鞠躬道歉。忽然有人眼睛一亮，惊奇地叫道："这不是铁拐李吗！"那女人是谁？人们用惊羡的目光猜测着，似乎想起了什么！

奖金的苦恼

季明下意识地摸摸兜，已是囊中羞涩，颓丧地耸耸双肩，两手伸了伸，一脸苦涩惆怅、无可奈何的样子。

打从前天起，季明就开始不消停了，把他折腾得没着没落的。从那一刻起，季明见人总是绕道而行，出入办公大楼也总是躲躲闪闪的，既使上班时间也将门紧闭，以防有人找麻烦。上下班或是提前或是滞后几分钟走。心里老是惴惴不安郁闷着，躲避那些无休止的烦恼。

那天表彰大会一结束，季明刚进办公室，全科人员雀跃欢呼。季科长该请客了，得那么多钱还不请我们喝一顿，就今天中午吧……大家你一言，我一语地嚷嚷开了。说了半天集中到一点，无非就是两个字“请客”。有的人更干脆麻利，连酒店都订好了，就等季明掏钱了。

季明忙不迭地说：“请，请，一定请。”当科长的，下属人员跟你提出这点要求，咋好意思回绝呢？男子大丈夫总得大方点吧！何况还得了两千块钱的奖金呢！

本来季明是个不善于交朋靠友、吃吃喝喝的人，他信奉的是“君子之交淡如水”，然而那些的人不放手，不让份，拽着他不请不行，大有不榨干季明的腰包，绝不罢休之势。

中午全科人员到“海鲜”酒楼猛吃一顿，不胜酒力的季明，也喝得东倒西歪，摇摇欲坠。事情总算有个交代，了却了一桩心事。想到此，季明心里有些安慰畅快。

谁知下午快下班时，季明的酒劲还没过，机关的几位科室长蜂拥而来，这个架着胳膊，那个抱着腰，走走走，季科长也该请我们喝顿酒了。把季明生拉硬扯地拖到酒店。晚间又是一顿风扫残云。季明彻底地醉了，醉得一败涂地，迷迷糊糊的也不知道是谁从他衣袋里掏的钱结的账。

不仅二千块奖励的钱泡汤了，连兜里的“小金库”一千块，也付诸东流。季明哭笑不得，心里苦不堪言，不是滋味。

翌日清晨，季明酒醒，眼睛直勾勾的，目不转睛地瞅着天花板愣神，死劲儿地回忆昨天的事情，然而一点也记忆也没有，只晓得兜里钱花得一干二净。

老婆突然问：“劳模奖励你的两千块钱呢？”

季明蒙了，干嘎巴嘴说不出话来。

老婆哭泣了，数落着，跟你一辈子没过上一天舒心的日子，从结婚到现在十几年了，还是租房住，连个自己的窝都没有。孩子这么大了，念书、买房子、柴米油盐哪样不得钱，可你倒好一顿酒两千块钱就胡乱花掉了，我省吃俭用容易吗？老婆越说越气愤，越说越伤心。

季明双手抓拽着头发，脑袋低垂着，痛苦万分。他心疼老婆，没跟他享一天福，连一件新衣服，一瓶好点化妆品都舍不得买。秋天买一大堆白菜土豆的，就是为了省点钱过日子，将来买套房子有个安稳的窝。季明思来想去，觉得对不起老婆，心里愈加难受，酸溜溜的。不免埋怨起领导来，不就是搞点技术难题吗，让我当什么劳模呢？如果不当这个劳模，哪有这些苦恼的事呢？

春去秋来，又到年终评劳模了。

那天，季明找到总经理沮丧地说，求你了，别评我当劳模了，谁选我，别说我跟谁急……说完转身大步流星地走了。

第三辑

走在路上

花　姑

花姑真的老了，背佝偻的两头扣一头，有些力不从心，孤独地伫立在村口老槐树下，浑身撒满了雪花。一阵寒风扫过，撩起她灰白色的银发。花姑眼睛眯缝着，一只手遮蔽在额头上，定定地眺望着去往县城那条长长的路。

天阴沉沉的，花姑抬头望望纷纷扬扬的雪花，面容焦虑憔悴。心想，今天是怎么了，这么多时还不来呢？也许下雪路不好走？

春生她娘，不要等了，下这么大的雪，不会来了，回去吧！老村长怜悯地催促着。花姑没有吭声，有些犹豫，蹒跚着步履，一步三回头地向村子迈去。

花姑姓花，年轻时长得眉清目秀、白里透红，村里的人都很喜欢她，管她叫花姑，她满脸笑容地应声着。

每月的这天是花姑最惬意的日子。早早地梳洗完，吃罢早饭，眉梢挂着笑容，来到老槐树下。当邮递员拿过她的手戳，看着那红红的印章，花姑就像秋菊似的，抿着嘴乐了。村人见到，羡慕地说：花姑又等儿子寄钱了。花姑便满面春风，笑盈盈地说：是啊！花姑可真有福气哟，没白心疼春生，可苦了花姑了，一个大姑娘可惜了了。村人边走边议论着，话语中衬着叹息和惋惜。花姑心里就美美的甜甜的，转而又有丝丝的苦涩。

春生是个孝顺的儿子,大学毕业后在城里工作,每月八号定期给她寄钱来。春生曾经多次劝娘跟他进城,花姑心有顾忌,死活不去。便委婉地说:我好胳膊好腿的,不给你添麻烦!春生只好每月给娘寄钱。春生工作忙,每月寄一回怪麻烦的。有一次就寄回全年的生活费。令春生不解的是钱竟打回来了,邮单写着"查无此人"。春生迷茫了,怎么会"查无此人"呢?难道娘出了什么事?便心急火燎地赶回村子。

花姑竟然笑呵呵地站在院落喂鸡。

春生一脸狐疑地说:娘,我给你寄的钱,怎么会"查无此人"呢?

花姑笑了,爱抚地说:春生,娘不喜欢一次全寄来,娘喜欢每月寄一次,娘就高兴,娘才放心。花姑浑浊的眼睛渗透着一种企盼的眼神。春生明白了,每月定不可移地去邮局一次。

春生凝视着娘满目疮痍的脸和那满头的白发,心里酸溜溜的,不是滋味。春生呀呀学语时,就和娘相依为命,从没见过爹啥模样,是娘一把屎一把尿养大他的。春生懂事时曾经问过娘:娘,我咋从来没见过爹,也没听你唠过爹呢?

你爹在你没出生时就死了!花姑脸色阴沉,呈现痛楚的表情。春生怕娘伤心,再也不问了。但心里却打了个结,娘为什么从来不提爹一个字呢?话里话外闪烁其词,连春生的姓也是随娘的。春生不知道自己为什么随娘的姓,而不姓爹的姓,难道我没有爹吗?春生听人说,娘年轻时,老村长对娘可好了,难道老村长是我爹?春生一头雾水。春生只知道娘没有什么亲人,唯有一个在省城的胡阿姨,和娘处得像亲姊妹似的。每年都来家里几次,每次都给春生买好多衣服,好多吃的。春生涉世未深,不懂事理,娘和胡阿姨的那些悄悄话,春生听不懂,也不理会,光顾和小伙伴疯玩去了。每次胡阿姨走时,娘都送到村口老槐树下。胡阿姨抚摸着春生的头,眼圈蓄满泪水说:春生,一定要听你娘的话,你娘抚养你不容易,好好学习,将来跳出山窝窝,念大学的费用我承担!春生羞怯地低着头，点头应着。

春生在省城念大学时，胡阿姨对他百般照顾，每个星期天胡阿姨都让春生到她家去，每次都是一桌丰盛的菜肴。春生总是怯怯地低头吃着，不敢抬头看胡阿姨，春生觉得胡阿姨瞅他的眼神是那样的，怪怪的，春生有些迷惑。

那年掌灯时节，花姑不行了。春生接到老村长的电话，连宿大夜赶回家里。花姑骨瘦如柴，气若游丝，奄奄一息，干枯的手指着一个包裹，说不出话。老村长和胡阿姨叹着气，偷偷流泪。

老村长将一个包裹展开，春生不禁惊讶，里面裹着一沓沓的钱，春生霎时明白了。这些年他给娘寄的钱，娘一分钱没花。老村长说：你娘说，留给你娶媳妇用的。老村长又将一封信递给春生，老泪纵横地说：都怨我那时没主意，爹妈因花姑带个孩子，说什么也不同意娶花姑，花姑这辈子命苦啊！

春生顿时震惊了。信是当年胡阿姨写给花姑的。当年胡阿姨知青下乡在村里，花姑在青年点给做饭。那年胡阿姨怀孕了，正赶上知青返城，一个下乡知青怀孕有了孩子，还能回城吗？花姑就偷偷地将胡阿姨藏在自己家里，生下一个男孩。为了掩人耳目，花姑对外人说是在柴草垛捡的。从此，花姑一心抚养这个孩子，放弃了青春年华，至今未找男人。

春生如梦初醒，泪如雨下，跪在花姑的床前，捧着那包钱，哭得撕心裂肺，呼天抢地：娘，娘……

走在路上

那是小山村唯一一条通往山外的小路，是一条弯弯曲曲的小路，是一条尘土飞扬的土路，只走过牛马车，没走过汽车，因为它太小太窄。那年，爹迈着沉重的双腿，从这条路走出去的，回来时，是一挂马车拉回来的，因为爹已经走不了这条路了。

夜，爹对娘说："孩儿她娘，我想好了，明天我就出去，靠这几亩山地也供不起儿子读书呀！"

娘擦拭着眼角的泪水，抽泣地说："那就去吧，怎么也不能苦了儿子，蜗在穷山沟里。他爹你那老寒腿，阴天下雨贴块膏药，我给你放在包里，家里的农活你就放心吧。"那夜，家里的灯，亮了整整一个通宵，爹和娘对着灯，相视叹气，唠叨了一宿。

我在隔壁房间听得清清楚楚，我把头蒙在被里哭泣，泪水湿透了枕巾。那一夜，我翻来覆去睡不着，觉得黑夜很漫长，很凄凉，使我想起很多很多。

爹和娘是地地道道的农民，一辈子与土坷垃打交道，脸朝黄土，背朝天，夏天一身泥土，冬天一身汗水，拼死拼活地在黄土地上耕种，到头来，仍是家徒四壁。

那年我考上县上高中，爹的脸上没一点笑容，苦涩地说："儿子别念了，爹供不起啊！爹小学文化，不也活了大半辈子。”我哭了，哭得很伤心。报到那天我没有去，跟爹去东山坡种地去了。

班主任来了，把爹劈头盖脸地批评一顿，气愤地说：“你儿子是学校的尖子生，他一定会考上大学的，不要为了这几亩山地，而坑了下一代。”爹蹲在田埂上，双手捂着脸，号啕大哭。爹的哭声在山坳里回荡，是那么凄然，苦咸的泪水顺着爹的指缝间流出。

爹扛着简单的行李，步履艰难地走在这条路上，去城里建筑工地打工。娘在爹的内裤里缝了个兜，别了一枚锃亮的别针，好给爹装钱用的。又嘱咐爹好多话，眼泪在娘满是皱纹的脸上滚落。

那天，我到工地找爹，因为又要交学费了。爹光着大膀子，下身穿着我扔掉的破旧裤子，桐棕色的肌肤，汗水淋淋，在似火的骄阳下，闪着油黑的光亮。肩上背着两袋水泥，背躬得很低，几乎碰着膝盖，浑身上下像泥人似的，看不出模样。我顿时泪水涟涟，心如刀绞，我抱着爹哭着说：“爹，我不念了……”

爹猛地推开我，暴跳如雷，掴了我两耳雷子，生气地说：“难道你也要像爹一样吗？”我痛哭流涕地跑回学校，从此，父亲的身影时时刻刻伴随着我。

那天，爹是被马车送回家的。爹的腿被落下的架子砸断了。医生说，爹的腿残废了，要治好得花很多钱的。我劝爹：“在医院治疗吧！”爹笑着说：“我没那么娇贵的，回家让你娘熬点山草药，糊几天就好了，你别挂记我，放心念好书就行了。”

夏天，大学“录取通知书”来了，我一口气跑回家，兴奋地喊着：“爹、娘我考上了……”

爹干枯的手，抚摸着“通知书”老泪纵横，异常高兴地说：“你给爹念念。”

我流着眼泪给爹念了一遍又一遍。

爹笑着说:“儿子,你打车到火车站吧!”

我坚定地说:“不,我要步行走这条路。”

我扛着行李走在这条路上,娘搀扶着爹一瘸一拐地站在路边,望着我的背影,他们有多少希冀蕴藏在心里。我回头望望爹瘦小的身躯,霎时,泪如泉涌。我掏出爹给我的钱,在鼻下闻闻,一股淡淡的汗香味,沁入我的心扉。我昂头大踏步地走在这条路上,突然觉得这条路很宽敞,很平坦,我知道爹再也走不了这条路了,我也深深地知道,是爹深情的爱和汗水为我铺出了一条路,所以它才那么宽阔而平坦。

卖烤地瓜的小女孩

天阴沉沉的,飘起了雪花。入冬第一场雪突如其来,人们被这突如其来的寒流袭击得瑟瑟发抖。围巾将我裹得严严实实,只露出一双照明的眼睛。暗淡的灯光有气无力地跳跃着,花瓣似的雪花,在灰暗的光线映照下,飘飘洒洒,路上行人零零落落,我迈着疾速的脚步,穿过菜市场门前向家直奔而去。

“卖烤地瓜了……”一个稚气的童音在夜色的寒风中回荡。我下意识地寻视一下周围,没有任何人呀,唯独我一个人急匆匆地行走,我明白了那童音是冲着我喊的。

“阿姨,买块烤地瓜吧,很甜的……”那童音有些颤巍巍的,隐藏着一种企盼和渴望。

我走过几步,又折回身:“称二斤。”

小女孩稚嫩的脸上露出愉悦的笑容。小女孩瘦瘦的,小小的,扎着一条辫子才刚刚高出火炉,也只有十一二岁样子。两面脸蛋冻成了紫色,两只小手冻得通红通红的,稀疏的发帘沾落着晶莹的雪花,弯弯的眉毛下,闪烁着一双机灵清纯的眼睛。我顿时一阵儿酸溜溜的滋味,谁家父母这么狠心,让屁大点孩子做买卖,这不坑了孩子吗?我有些愤愤不平,或许是我的职业本能,抑或我也是位母亲的缘故。

买完地瓜,我于心不忍,又回过头来,温情地对小女孩说:“不要卖烤地瓜了,还是上学吧!”

小女孩黑溜溜的眼球定定地看着我,眼泪扑簌簌地落下,哽咽地说:“谢谢阿姨,你能买我的地瓜,我非常感谢你。”说着向我鞠一躬。看着小女孩通情达理的样子,我不禁联想到娇生惯养的儿子,脸上感觉阵阵燥热。

突然暗影处一阵咳嗽声,我才惊奇地发现小女孩的身后还坐着位老人。佝偻着腰,低着头,咳嗽不止。

“奶奶,你又忘记吃药了吧。”小女孩一边捶着老人的后背,一边埋怨着。

我痴呆的伫立着,稍许,温和地对老人说:“大娘,不能光知道挣钱而耽误孩子的学业呀!”

老人锈滞地目光瞅着我,苦涩地叹了口气,满脸聚集着乌云,沉默不语。我忽然有些惆怅,欲言又止。

打那以后,无论春夏秋冬,还是刮风下雨,每日下晚自习,我会自觉不自觉地来到菜市场门前路灯下,买上几块热乎乎的烤地瓜带回家。儿子埋怨我说:“你怎么又买烤地瓜了,你掉地瓜堆里了,我都吃腻了。”

我怨气地说:“吃点粗粮有利于身体健康成长,有什么不好的。”

儿子不吭声埋头学习了。然而我内心的疼痛和忧郁，像阴影似的笼罩着我，儿子怎么会理解呢？

每当经过那烤炉时，都会遐思很多很多，我的心就阵阵紧缩，心情沉重，自然而然想起“卖火柴的小女孩”来，顿时有些忧伤，眼窝潮湿。那灰黄的路灯下、火炉旁，小女孩借着微弱的灯光孜孜不倦地看书，那种情景在我脑海挥之不去，而感到揪心的酸痛。我经常给她带些书本，给她讲解一些难题，换季时给她送去几件衣服。

久而久之，老人、小女孩和我成了莫逆之交。老人凄然地告诉我，她与小女孩没有任何血缘关系，只是小女孩的邻居，小女孩的父母在一场地震中走了。老人看小女孩孤零零的，便收留了她。为了供她上学便卖起了烤地瓜。老人潸然地说：“等她能自立了，我也就放心了。”望着老人驼峰似的背影，慈祥的面容，我欲哭无泪，情不自禁地将小女孩紧紧地抱在怀里，抚慰她单薄的身子。我蓦地想起儿子，与小女孩一般大，在蜜罐里长大，与小女孩相比天壤之别。那次我郑重其事地给他讲了小女孩的故事，儿子哭了，他说他一定要见小女孩。

那年秋季开学，学校让我担任高一班主任。那天我兴高采烈地迈进教室，迅速地扫视一下新同学的面孔，我的眼球突然停止了转动，大为惊讶，因为小女孩就坐在我的面前，正微笑着对着我。转而一阵惊喜，她已经考上重点高中，离大学只是一步之遥，我有说不出的愉悦。

那年秋季，校门外多了一个卖烤地瓜的，卖烤地瓜的就是那位蹒跚的老人。

一天，我给班里同学讲“卖火柴的小女孩”的故事，我讲得很动情，几十双纯洁的小眼睛目不转睛地盯着我，我几乎带着凄然的语调叙说着。我又讲了烤地瓜、老人和小女孩的故事，同学们掩面哭泣了，流着清纯的泪水，那泪水苦咸苦涩的。同学们有了某种心灵感应，或是人的本性的善良。每天晚自习后，一窝蜂似的涌向卖烤地瓜的。一边吃一边说，烤地瓜真甜，真甜。老人的脸上露出沧桑的笑容。天依然那么冷，天空依然飘着雪花，然而小女孩的脸上，却绽放着幸福温馨的笑靥。

儿子大学毕业那年夏天，领回家一个女孩。我一瞧惊愕了，她不是卖烤地瓜的小女孩吗？儿子诡秘地瞅着我嬉笑着，小女孩羞涩地喊着我，阿姨！

那天校园走来一位清纯的女孩，我欣然地把班主任的任务交给了她，她走上讲台继续讲着烤地瓜、老人和小女孩的故事。

一支派克笔

清明时，大超回来了。大超依然少言寡语，很内向，又有些羞涩，羞涩得像个小姑娘，文质彬彬地微笑着，点点头，说句很简洁的话，你好，见到你很高兴。

大超突然站到我面前那一刻，我惊愕不已，惊慌得手足无措，无所适从，窘迫的脸立时火烧火燎的，不好意思地低下头，恐慌地躲闪着他沉郁的眼神。我苦笑地说，你回来了。

大超是从国外回来的，准确地说是从美利坚合众国回来的，也算半个美国人了。穿着一套很随意的休闲装，蹬着一双灰色的旅游鞋，乡音没改，还是满口大连海蛎子味。

大超和我是同学，他的数理化很棒，可惜那时“文革”不招大学生，

既使你有天大的本事又有啥用？他父亲是从美国回来当校长的，批斗他父亲是我给戴的大尖帽子，挂得大牌子，做的“喷气式”的。大超就站在台下学生中间，眼圈含着泪水，没有落下。我疯狂地喊了一句，把“狗崽子”带上来。那时我是“红卫兵”造反司令。大超被一群“红卫兵”推搡到台上，与他父亲并排列队，低着头挨批斗。我让他喊打倒他父亲，他紧闭双目，脸上写满了痛苦和忧伤，我隐隐约约感觉这痛苦忧伤的背后，藏匿着一股愤慨和怨恨。我上去打了他一个嘴巴子，他的身子晃了晃没有倒下，忽然一支粗黑的笔从他身上滑落，我顺手牵羊装进兜里，他圆睁睁的眼球盯着那支笔不吱声。顷刻，大超的嘴角流出鲜艳的血液。

我曾经给修笔的人看过，修笔人说，这是美国派克金笔，上等的笔呀！笔杆刻着一行小字“书山有路勤为径”。只有上句，而没下句，我感到非常蹊跷，始终寻思不透。

那是一个骄阳似火的下午，他父亲被“红卫兵”活活地打死了。“红卫兵”不依不饶，抬着大超父亲的尸体游街。尸体有些腐烂，散发着一股臭气。大超没有哭，一滴眼泪结没掉，只是远远地跟着，恨恨地遥望着。那是一个疯狂的年代，人也疯狂极点。后来他的母亲悲愤过度撒手人寰。从此，大超远离了学校，远离了“红海洋”，时常一个人孤独地坐在海边偷偷哭泣。

后来我长大成人，常常夜深人静时回忆这段往事，痛苦不堪。我知道我做了件世上最愚蠢最笨拙的傻事，悔之晚矣。后悔又有什么用呢？

1968 年我们上山下乡，接受贫下中农的再教育，大超和我分在一个生产大队。学大寨修梯田，白天累得要死，晚上倒在土炕上睡得像死狗似的。大超从来不言语，也很少与知青交谈，跟我更是老死不相往来，总是一个人单独行动，时常去河边凝望着大山，默默地思考着什么。他每天晚间睡得很晚，在蜡烛下看书，甚至我一觉醒来，他还在孜孜不倦地学。看着大超的背影，我的心就突突地跳，终究没有勇气还给他那支笔。

那个年代没有手纸，上厕所用秫秸棒，很不方便，割屁股。我就时不时从他的书本撕下几张揩屁股了。大超也不吭声，仍旧像没那回事似的。我看他不吭声愈加变本加厉，有时故意捉弄他，当着他的面撕书本，他也不气不恼、不理不睬低头看书。有一次，大队让我们这些小青年看管“黑五类”，小青年一个个虎气冲天，不知天高地厚，把“黑五类”打得鬼哭狼嚎。大超不忍心怯懦地说，你们打坏了怎么办？我气急败坏地说，看来劳动改造还没改造好你呀！

大超一声不吭，悄悄地离开了现场。

有一次，生产队突然要开大超的批判会。有人揭发他，说他写一首诗对上山下乡不满。时至今日，我还记得寥寥数语，“雄鹰展翅已高飞，剩吾秃鸡独自悲……”批判会上，大队革委会主任拿着那支笔记录，大超怔怔地盯着发愣。他哪里知道我为了早日回城，把那支笔送给了革委会主任，当然革委会主任不知道内情了。大超被发配到石门水库劳动改造去了。

四年以后我们纷纷回城，大超因“狗崽子”留在了山村，从此再也没有大超的消息了。去年同学聚会，大家说起大超，有人说恢复高考他考上了清华，现在在美国麻省理工大学当教授。我木讷地听着，油然升起一种负疚感。

常言道，山不转水转，水不转人转。想不到这么多年，大超从美国回来了，而且回来第一个找的就是我。

大超脸色阴沉地说，我爸的坟墓你还记得吗？

我惴惴不安地说，大体方位还记得。大超父亲死后，是我们一群“红卫兵”埋的，没有棺材，是一领席子卷的。大超并没提及那支笔，我的心阵阵紧缩，慌乱地跳着。

大超是在同他的美国老师一起来的。

我颤抖地指着河边一个小的可怜的土堆说，就是这。

大超扑通跪地叩了三个响头，顿时泪如雨下，说，爸，儿子回来了！

我点燃冥纸，又将坟墓堆了很多土，也算我的赎罪和忏悔吧！临回城那天我找到革委会主任，为了那支笔和他大吵了一架。

白发苍苍的美国老人默默地立于坟前，老泪纵横，嘴里絮叨着什么，我一句听不懂。望着大超悲伤的样子，我知道该物归原主了。突然美国老人从衣袋里掏出一支一模一样的派克笔。

我顿时惊呆了，那笔杆刻着一行小字“学海无涯苦作舟”。

秋 菊 花

楚局长还一个人鬼混啊，多没意思，咋不找个人呢？这是老楚在公园晨练时，秋菊遇见他的第一句话，而且声音很高，像是放广播似的。周围晨练的人目光“唰”地扫向他。

老楚霎时脸有些发热，苦笑笑，摆摆手，慌忙择路小跑而过。心里骂道，真倒霉，咋遇见她了呢？狗嘴里吐不出象牙，会说人话不？啥叫“鬼混”“没意思”，你还比我强哪去呀！

老楚虽然这么说，但秋菊的话却像一根银针，刺激了老楚的神经，心怦怦乱跳，一阵儿心酸。老楚四十多岁时，妻子就撒手人寰，那时工作忙，儿子小，也没闲暇时间考虑这些。眼下从局长的位子退下来，一下子清闲了，却觉得无所适从，不知咋玩了。整天守着空房，孤独寂寞。尤其漆黑的夜晚，孤影青灯，说句话的地儿都没有，心里不知啥滋味。电视一直看到荧屏黑为止。望着窗外明净的月亮，翻来覆去睡不着，坐在沙发上，一个劲地抽闷烟，烟火忽明忽暗，他思绪万千，感到心寒凄然。儿子在外地工作，除年节带着儿媳孙子来一趟，平时很少回来。每逢年节，是老楚最幸福的，采购一大堆鸡鸭鱼肉……冰箱装得满满的，家有了热气，有了人气，他觉得这才叫家。可是儿子儿媳上班，哪有时间陪他。老楚劝孙子住几天，陪陪他，孙子说他要上学。老楚只好长吁短叹。

秋菊边走边嘀咕着，死老头子，狗咬吕洞宾不识好人心，怕我吃了你不成！躲了初一躲不过十五，看我怎么治你的，榆木疙瘩不开窍。秋菊是县医院的护士长，老楚自从那次被秋菊打了以后，才晓得秋菊的泼野，从而躲避着绕道而行。秋菊是个直率热心肠的人，虽然五十岁的人了，但依然不失年轻时的风采，个头虽然不高，却很白净，胖乎乎的，一脸福相。

老楚越想躲开秋菊，越是躲不开。秋菊竟然找上门来，还给老楚送来一盆秋菊花，粉红色的花朵，一绺一绺翻卷着，鲜艳夺目。秋菊说，闲得无聊，养养花也是闲情逸致，陶冶情操。又告诉老楚，秋菊花的习性，如何剪枝，喂肥，浇水……秋菊喋喋不休，没完没了，老楚烦的没法。秋菊，我这可没给你准备午饭啊！

你以为我赖你饭，瞧你寂寞，给你找点事干。岂不知秋菊的内心也很寂寥。让我吃我还不敢吃呢，谁知你安得什么心？两人不欢而散。秋菊前脚走，老楚后脚就把秋菊花扔掉了，嘴里骂骂咧咧的。老楚跟谁耍脾气呢？原来是老县长，老县长笑呵呵地说，老楚，该找个伴了，一个人生活难啊！这事就包在我身上，准让你满意。

有人给老楚介绍一位离婚的女人，是外地打工的。他觉得女人长得可以，算不上漂亮但也不丑，能死心塌地过日子就行了。于是女人与老楚凑到了一块。可好景不长，那女人的前夫竟然找上门来，把女人连托

带拽地架走了。那男人还威胁老楚，顺手卷走一些钱财，老楚满肚子苦水没法吐，只好打牙往肚里咽。老楚越想越窝囊羞愧，我堂堂一个局级干部，咋受这般羞辱？一股火气直冒，卧床不起。

秋菊揶揄他，这回你可落到我手里了，看我怎么治你！说着针头哧溜扎进老楚的血管里，老楚疼得龇牙咧嘴，不敢吭声。你说你，找女人事先也不了解好，稀里糊涂的，上当了吧！你躲避我的精神头哪去了？

老楚的脸烫得像火炭似的，有苦难言。觉得秋菊是在讽刺挖苦他。便没好气地说，你早晨没刷牙吧，嘴咋这么臭呢！秋菊命令地说，把裤子褪下，"噌"，老楚屁股又挨一针，老楚疼得"哎哟"一声。这话也就秋菊敢这么说，换了别人，老楚早火冒三丈，撵出门外去。因为老楚欠秋菊的太多了，老楚今生今世都还不清，老楚常常愧疚不已，心绞痛的病就是那时得的。没人敢和老楚这样放肆，只有秋菊，不仅敢，而且肆无忌惮。老楚勉强一笑，不吭声。

秋菊的丈夫是老楚的手下，前年老楚和秋菊的丈夫去山区视察修公路，意想不到，山体滑坡滚下山石，秋菊的丈夫一把推开老楚，自己当场死亡。秋菊疯了似的，又哭又喊，你还我的丈夫……拽着老楚又撕又咬，老楚的脸被挠成秋菊花，多日见不了人。从此老楚一见到秋菊，心里就发憷。

老楚住院期间，多亏秋菊的悉心照料。那次，老楚拉了一裤子屎，秋菊硬是扒下来给洗了。老楚过意不去，几次哀求她不要这样。秋菊愠怒地说，你都啥样了，还逞强，这是我做护士的职责。老楚哑然了，不好意思地冲着秋菊傻笑。

老楚出院那天，老县长满脸笑容地来了，手里捧着秋菊花，诡秘地说，老楚啊！我给你介绍的老伴，感觉如何？

老楚迷惑懵懂，老伴？

秋菊啊！

老楚顿时痴呆了！

秋菊用手指点点老楚的脑门，你这人咋这么憨呢？这些日子我白伺候你了！老楚霎时脸上的皱纹舒展开，像一朵盛开的秋菊花，笑意正浓。

寻找黑面馒头

也许我的做法太荒唐了，但我绝不是堂吉珂德。我依然执着地遍寻沈阳城，盲目地寻找我的黑面馒头。

路边有一卖黑面馒头的小吃店，勾起我的记忆。我惊奇地走进去，刚端起一碗豆腐脑，忽然一位姑娘急匆匆地与我撞个满怀，豆腐脑撒了姑娘一连衣裙，姑娘立即横眉冷对：你瞎呀！

我慌乱地说：对不起！忙不迭地掏出手纸要去擦。

姑娘气急败坏地说：你干什么？耍流氓！

我突地涨红了脸：耍流氓？我气得举起黑面馒头，恨不得猛地塞进她的嘴巴里，堵住她的臭嘴，但我还是绅士地一笑，踌躇地说，我，我……气氛顿时剑拔弩张。这时，过来一位女服务员笑盈盈地说，算了，你们都是我的顾客，都是我的上帝，这顿饭我请客……女服务员春风般的话语，使我举着的手慢慢放下。我用感激的目光瞅着女服务员，突然愣怔了，她俊俏的脸庞似曾相识，我蓦地想起了二嫂。

馒头的香气不时地沁入我的心扉，我瞪大双眼舔舔干涩的嘴唇，咽

了咽口水,觉得嗓子痒痒的。我目不转睛地盯着二嫚手里的馒头,肚肠霎时像一条巨大的馋虫,恨不得一口吞掉馒头。我几次嘎巴着嘴,想说:二嫚给我一口吃呗。我甚至想哀求她几句求得那块黑面馒头,但我终究没有勇气说出来。

二嫚边香甜地吃着,边跳着皮筋。突然二嫚一阵剧烈地咳嗽,脸憋得紫青,痰里有一丝丝血迹,那块馒头就放在旁边的石台上。我讨好地帮她捶几下背,迅速地将那块馒头塞进嘴里,“咕噜”吞下肚,啥味道不知道。二嫚咳嗽完问:馒头呢?

我怯懦地说:不知道。

狗剩子嫉妒地指着我说:让他偷吃了。

二嫚“哇”地放声大哭。我胆怯了,慌张地说:叫花狗叼吃了,我没拿。

二嫚的妈跑出院落,急切地问:怎么了?

二嫚哭着说:馒头让他偷吃了。二嫚的妈对我笑了笑没说啥。扯着二嫚边进屋边说:吃就吃了吧,家里还有。我羞怯地低下头,脸阵阵发烧。

母亲气愤地打了我一巴掌,你怎么偷吃人家东西呢?我倏地两行眼泪流下,哭得很委屈,当然我是佯装的,掩饰自己窘迫的心态。母亲再没说啥。

二嫚家是新搬到我们大杂院的,从沈阳下放来的,只有她和妈两人,二嫚家挺有钱的,穿的吃的都比大杂院的穷小子好。二嫚转入我们镇学校时,和我一个班。二嫚没有新书,是我领着二嫚跑到县城买的,她妈特别感谢我,还塞我一个黑面馒头,又香又甜,比我们家菜粥好吃百倍。

事隔几日,我突然高烧不退,咳嗽不止,嗓子像拉风匣似的,呼噜呼噜的,搅得我整夜整宿睡不好觉。

狗剩子嫉恨地说:该,谁叫你偷吃二嫚的馒头,她得的是痨病,你被传染了。

我“哇”地哭了，心里很害怕，怕死掉。我知道我小姨就是痨病死的。我诚惶诚恐，越加哭得悲恸伤心，后悔不该偷吃二嫚的馒头。

我住院了，二嫚也住院了，和我一个病房。我恨透她了，都怨她，要不然我不会传染上痨病。我不理睬她，懒得和她说话。二嫚却不然，没话找话跟我搭讪。我不耐烦地说：我烦你知不知道。她却嘿嘿乐了，拿出个黑面馒头扔给我，我眼睛霎时一亮，也管不了有没有病了，拿起来就吃，还得便宜卖乖地说：别看你给我好吃的，我也不会理你的，咱俩势不两立。二嫚只是甜笑着，不和我理论。

过了一段时间，我和二嫚的病好了，出院了。但我对天发誓，再没偷吃二嫚的东西，都是二嫚主动给我的。有时我不好意思，二嫚硬往我嘴里塞，到口的美食不吃白不吃。

晃间，三年过去了。二嫚走了，跟她妈妈一起回沈阳城了。我把心爱的长命锁送给了她。从此我像丢了魂似的，无精打采，闷闷不乐。再后来我进了沈阳念大学。

近日，我总做些不着边际的梦，二嫚天真纯洁的笑脸，总在我眼前晃动，我便鬼使神差萌生寻找二嫚的想法。

一团脏手绢摔在我的脸上，姑娘不理不睬，扬长而去。我半天醒过神来，不好意思对女服务员说：谢谢你，多亏你的解围。她温柔地说：不用谢，出门在外，大家都不容易，互相谦让一点就过去了。女服务员长得很秀气，很漂亮，丰润的脸庞很白净，眼睛似小溪水一样清纯，给人很温馨的感觉。

我下定决心一定要找到二嫚。我做了电视寻人广告，并说了谎话，说我有很大一笔资产，想寻找初恋女友二嫚结为伉俪。广告一播，一位女子立即在网络上主动与我联系，她说她是二嫚，并打开视频，我一瞧立刻眩晕过去，她竟然是骂我“流氓”的那位刁蛮的姑娘。我愤怒地关掉视频，郁闷至极。不经意地来到小吃部。

女服务员给我端来豆腐脑和黑面馒头，在她弯腰的瞬间，我突然惊骇了，她冰洁的脖颈上，闪着一块亮晶晶的长命锁，我情不自禁地喊道：二嫚……姑娘惊讶地问：你怎么知道我的乳名？我举起黑面馒头，她却无一点反应。我很惊愕。

她笑吟吟地说：我和你寻找的女孩同名，但我不是你要找的女孩。

我一下子跌落在坐椅上，沮丧彷徨，我还有必要寻找黑面馒头吗？

果园飘香

六叔的果园与山伢子的果园紧邻。

每到春天春阳和煦的时候，枝头便开满了白白的小花，像蓝天的白云一样，雪白雪白，一片一片的。六叔拄着铁锹，站在树下一棵一棵瞧来瞧去，一脸愉悦，喜上眉梢，皱褶的脸顿时舒展开。花开得不错，又是个好收成。六叔自言自语道。

每到秋天艳阳高照的时候，枝头便缀满了红红的苹果，像天边的彩虹一样，火红火红，一片一片的。

邻居的儿子山伢子正在读高中。下学了，侍弄果树只是一知半解，六叔便热情地手把手地教他，山伢子很聪明，过段时间就掌握了果树的技术，做得有模有样。六叔一旁满脸笑容地说，好后生啊，将来是地里的一把好手！山伢子也笑，笑得很深沉。

第二年春天，山伢子莫名其妙地在果树中间，栽了一趟趟的桃树。六叔觉得纳闷，懵懂地问，山伢子，你搞什么名堂？

山伢子笑嘻嘻地说，我栽的是二年生的桃树，明年就见果了，把苹果树刨掉，现在国光苹果也不值钱，六叔你也换树种吧，树苗我给你解决。

六叔听了脸色立刻阴沉了，悻悻地说，山伢子你这是破坏规矩呀，老祖宗从来没种过桃树，爷辈曾经和我说过，咱这土质种不了别的果树，你这不是瞎胡闹吗？

山伢子笑了，六叔，老祖宗的规矩是老皇历了，如今啥年代了，要想多赚钱，富起来，就得看市场行情来决定种什么！

我不懂什么市场行情，我就知道这是老辈传下来的。六叔气哼哼地说，一甩袖子，狠狠骂了一句，败家样。背着手骂骂咧咧地走了。

无论山伢子如何劝，好话说了一遍又一遍，磨破嘴皮，六叔不闻不问。六叔在村子是有名的犟种，认准的死理，九头牛都拉不回来。那年村子的土地承包了，别人家是买牛买马耕地，最次也弄个毛驴。六叔看不惯，嘴噘得能挂油瓶，站在地头骂，有钱没地方花了，留着力气干吗，往老婆身上使啊，地是人卖力气侍弄的，不是驴马踢出来的！

村人窃窃地笑，六叔是天生挨累受穷的命。

六叔固守古老的耕种，六婶在前面拉犁，六叔在后面扶犁，山杏随后撒种耙地。别人家一天的工夫就种完了，六叔家得三天才种完。累得六婶腰酸腿疼，便劝六叔，咱买头驴吧？

六叔吧嗒两口烟，烟锅敲得八仙桌山响，没好气地说，人活着就是干力气活的，那驴马再行也没两只手做得精细。六婶气得嘟囔着，跟你得受一辈子苦。

女儿山杏也不瞒地说，爹，山伢子说得在理，按山伢子说的做不会错的，一定能赚大钱。

六叔的眼睛瞪得溜圆，好像要掉出来似的，没好声地说，一个姑娘家跟着掺和啥,将来你嫁人就知道过日子的难处了。

山杏瞥一眼六叔,揶揄地说,嫁人我也嫁山伢子那样的人,有头脑,会干活!

六叔的烟锅敲的鞋底啪啪响,怒吼道,你敢,宁肯养你一辈子,也不许嫁给他,他是什么人,是败家子,把果园糟蹋成啥样,我心疼!

山伢子蹲在地头,指挥工人们,剪枝、施肥、滴灌,桃树花开得粉盈盈的一片。山伢子念书是个好学生,门门功课在前,可惜家穷拿不起学费,高中毕业便回家种果树。秋天拳头大的桃子缀满了枝头,大车小车地把桃子拉去了城里。山伢子的兜里鼓胀起来了。

翌年春暖花开时,山伢子家的小楼房拔地而起。旁边六叔的老房子破烂不堪,对比鲜明。山伢子说,六叔,我一块儿把你老房子扒倒重盖吧!

六叔眼珠子瞪瞪,愤然地说,你别发善心,我受用不了。末了嘀咕一句,黄鼠狼给鸡拜年,没安好心!

转过年的春天,山伢子又在桃树中间栽起一趟趟樱桃树。六叔又愤然了,山伢子你又瞎折腾啥?就算你种桃树对了,怎么又要刨了?

山伢子甜笑着说,六叔,种地得讲科学,再有二年恐怕桃子就卖不动了,樱桃不就接上茬了吗,六叔别死脑筋了,赶紧换树种吧!

六叔眨巴着眼睛,晃晃头,没吱声,默然地走了。

又过了两年,山伢子樱桃丰收了。山伢子承包那几块山地,已是果实累累。山伢子成了全县的果树大王,又成立了果品基地公司。六叔的果树退化了,苹果又小又涩,卖不出去。六叔瞅着一大堆烂苹果,双手抱着头,愁眉苦脸,哭的心思都有……山伢子收购六叔的苹果送进了果汁厂,六叔勉强把化肥农药的本钱弄回来。

一天,六叔找到山伢子,满脸通红,嘿嘿地笑了,山伢子,看来六叔的老脑筋还真的生锈了,是得看市场行情科学种田,现在不是时兴联合股份吗，我入你的公司吧？

六叔，山杏瞒着你，早把你加入公司了！山伢子诡秘地笑。

六叔惊愣一下，这个鬼丫头，然后不好意思地说，老祖宗的规矩是得改改了！

秋天果实红彤彤的时候，山伢子娶媳妇了，漂亮的新娘不是别人，就是六叔的独生女山杏。

六叔喜气洋洋地说，山伢子，你联合我，怎么把我姑娘也联合去了！

疤 脸 婶

疤脸婶是个漂亮的女人，是个识文断字的大家闺秀，被村里誉为第一大美女。如果不是那年的意外，疤脸婶咋会嫁给六叔，六叔咋会认识疤脸婶。六叔是啥模样，矮矮的个子，黑不溜秋，一扁担勒不出个屁来，大字不识一口袋，可六叔心眼好，心眼好的人才有这个艳福啊！村里人都这么说。

那年，也就是1945年的秋天，六叔背着口袋去山上采榛子，走到一个山坳地，忽然传来声嘶力竭的呼救声，六叔急忙向声音奔去。只见一只熊瞎子正疯狂地撕咬着一个姑娘，六叔抄起一根碗口粗的木棒，向熊瞎子的头部狠狠地砸去，熊瞎子疼得“嗷嗷”地吼叫着逃走了。

姑娘被熊瞎子撕咬的满脸血污，半个脸没了模样，昏厥过去。六叔

掐了好一顿人中，又呼喊了半天，姑娘才苏醒过来。六叔把奄奄一息的姑娘背回山下的茅草屋，用盐水清洗姑娘的创伤和血迹，又用碾碎的草药给姑娘敷在脸上。

六叔问姑娘家是哪的，姑娘瞪着惊悸的眼睛，说是要饭的。六叔瞧瞧姑娘的打扮，要饭哪有这个模样的，要饭的也不会往深山老林子跑呀！六叔又问，你叫啥名字？姑娘的眼睛机警了半天，磕磕巴巴说，“田樱花”。六叔低头抽着烟，叹口气说，现在的世道兵荒马乱的，穷人遭殃了，都是小鬼子造的孽，一个姑娘在外不容易，可得小心了！田樱花一双黑溜溜的眼睛盯着六叔没有吭声，神色有些慌张胆怯。

六叔发现田樱花有个小布包，总是警惕地掖在身底下，有时偷偷地看着什么，悄悄地流泪。六叔觉得奇怪，但并没放在心上，一个陌生的姑娘家，咋好刨根儿问底的。

一个多月后，姑娘的伤好了，半个脸上留下了巴掌大的伤疤。这段时间，六叔没睡过一个囫囵觉，没吃过一顿舒心饭。白天六叔去山上采草药，晚上回来捣碎，再兑些香油，搅成糊装，给田樱花糊上。六叔说，香油凉性，可以减少疼痛感。六叔一日三餐伺候着田樱花，田樱花卧在炕上，看在眼里，记在心上，几次流着热泪说，大哥，你是个好人，好人会有好报的！田樱花的伤好多了，能下地走动了，就帮着六叔做饭收拾屋子。其实六叔那哪叫家，就是个四处漏风漏雨的窝棚，一个穷人也就糊弄着过吧。六叔有生以来头一次吃上女人做的热乎乎的饭菜，心里的滋味，六叔也说不清楚，六叔流泪了。田樱花温柔地问，大哥，你咋了？

六叔甜笑着说，风刮的。

那天，六叔进城卖完榛子回来，一进屋就兴高采烈地说，小鬼子投降了，这回可以过平安日子了！田樱花的脸色很难看，呆呆的，有些惆怅，没有言语。

六叔说，你病也好利索了，哪天我把你送回家！

我没有家了，我是孤苦伶仃一个人了。田樱花嘤嘤地哭了，哭得很伤心。

六叔被田樱花哭得心里酸溜溜的，不是滋味。六叔说，那就暂时在这住些日子，过一阵子再想辙，没有过不去的火焰山。

田樱花号啕大哭，扑通给六叔跪下，大哥，如果不嫌弃我的话，你就娶了我吧！

乡亲们帮着六叔重新修缮了茅草房，门上、窗上、墙壁上贴上双喜字，六叔和田樱花就拜了堂，进了洞房。田樱花从此就成了疤脸婶。那年，六叔十八岁，疤脸婶十六岁。

土改那年，登记人口、分土地。工作队的人问疤脸婶，叫啥名字疤脸婶说，田樱花，田地的田，樱桃的樱，花草的花。

工作队的人说，这个名字太俗气，我给你改一下吧，英雄的英，中华的华，就叫“田英华”。

疤脸婶和六叔笑呵呵地说，好，好啊，这个名字好！

工作队的人又问疤脸婶，祖籍哪的？

疤脸婶支支吾吾没说出来，六叔急了，山东家的，闯关东过来的。村民也说，是呀，是从山东要饭过来的。工作队的人就写下了。疤脸婶的祖籍是哪的，六叔的心里明镜似的，但六叔不能说，即便当着疤脸婶的面，也不能吐一个字，因为六叔曾经偷偷看过疤脸婶的那张照片。

多年过去了，疤脸婶和六叔已经儿孙满堂。

那年，掌灯时分，疤脸婶气若游丝，有气无力地对六叔说，大哥，其实我是日本人，祖籍是北海道的，被“天皇”骗到中国，做了日军的“慰安妇”。那年，日本投降我和一些姐妹逃离时走散了，一时无法回国，又怕被别人认出来，就躲进山沟里，后来遇见了你，我的真名，叫……

六叔老泪纵横，握着疤脸婶干枯的手，哽咽地说，别说了，我知道你是日本女人，我会把你的骨灰送回北海道的。

不，我是你的媳妇，我就是中国人，我的根在中国，我死后，你把我埋在你家的祖坟地吧！疤脸婶的泪水顺着眼角流淌。

六叔满脸泪水，点点头。

疤脸婶走了，六叔把疤脸婶年轻时的照片，放的很大，镶在墓碑上。疤脸婶穿一身和服，娇媚地站在一株樱花树下，幸福地笑着，笑的像朵花似的，笑得很美，很甜，底下一行小字"田中樱花"。

逃出樊篱

我一再地向他们解释，可我越解释，他们越不相信，越觉得其中有什么奥秘似的，还一再恭维我：你太谦虚谨慎了。甚至歪曲我的解释：这小子现在可不比从前了，牛气大了。竟然说没关系，那是瞧不起咱呀。把我弄得左也不是，右也不是，哭笑不得。

近段时期，不知是怎么了，有人不断打电话邀请我喝酒吃饭、洗桑拿。有的多年没有往来了，突然间又冒出来：姜科长，今晚有空没，我请你吃饭，海滨酒楼。还有的声称和我是同学：老同学还认识我不？我是谁谁，请你洗桑拿，不见不散啊！

称我科长，其实就是个副的，而且五位科长我排拉尾巴，连我自己都觉得可怜兮兮的。他们却把我捧得高高的，我觉得怪不好意思的。走在大街上，主动与我打招呼的人，也突然多起来。其实那些男男女女许多面孔我都很陌生，没办法只好笑脸相迎，与每个人应酬着。我是丈二和尚摸不着头脑，越想越糊涂。

有一天，总经理忽然找我谈话：小姜，大家反映你工作勤勤恳恳，文笔也不错，是公司的大笔杆，人才啊！明天班子就研究提拔你为正科级。我听了受宠若惊，兴奋不已，真是房上掉馅饼，天大的喜事。有许多人死死地盯着正职的位子，眼睛都绿了，也没争上去，我居然不费吹灰之力，而且年纪轻轻的就当正职了，能说不是天大的喜事吗？看来前途不可估量呀！末了总经理笑容可掬地说：小姜，有时间和你姐夫——噢，王市长说一声，到我们公司视察一下，我们热烈欢迎啊！我不免心里紧张一下，刚要解释，总经理打个手势拦住我的话：就不要客气了，情况我都了解得一清二楚。总经理一连珠式话语，不容我解释，我感到非常尴尬。

事隔没几天，我真的当上了正科级干部。

提到姐夫，确实有这么个人，让我怎么说呢？其实我是独生子女，所说的姐夫那是一位远房表姐夫，还是好多年前在姥姥家见过一面，现在他是啥轮廓，我一点记忆都没有。然而近日他突然从 A 市到我们 B 市当市长了。

我不得不佩服这些人的“聪明才智”，与“克格勃”相比有过之而无不及，竟然能挖出五代家族来，而且摸得清清楚楚，把我和不熟悉的表姐夫生拉硬扯于一个“壕沟”里。

从此我的家庭乱成一锅粥，晚间电话不间断地响彻云霄：姜科长，求你办个事。我没好气地说：打错电话了。更可气的是不管晚间还是休息日，人像走马灯似的，拎着大包小裹地硬闯进来，撂下东西就求你办事。我哭笑着说：王市长是我一百杆子打不着的远房亲戚，真的与他没有任何联系。可是那些人能信吗？以为我不给面子，不愿给办事。扰得做教师的老婆没法备课了，老是埋怨我：你从哪冒出个姐夫，搅得我们家鸡犬不宁。

事情发展越来越严重,越来越糟糕。有天晚上,一个愣小子突然闯进家,还未等我说话,随手“啪”地甩到桌上五万块,求我和表姐夫通融一下,提个正局级。话里话外,办也得办,不办也得办。我是个胆小怕事的人,哪见过这架势,腿抖得乱颤,心突突乱跳,闹得我心神不定,坐立不安。我下意识地感到隐隐约约要出什么事,内心充斥着迷惘、焦虑,现在的人都怎么了呢?

我怨恨表姐夫,你怎么偏偏到B市当什么市长呢?

那日,我愤然了,独闯市政府大楼,我到瞧瞧这个三头六臂的表姐夫是啥模样。保安人员拦住我:你找谁?

我气冲冲地说:找王某某。并没提官衔,而且大呼小叫表姐夫的大名。

保安愣了一下才反应过来:市长不在。

我有点愤怒了,提高嗓音说:他是我姐夫。

保安盯着我的脸,怔了片刻,笑嘻嘻地点头哈腰地说:王市长在三楼302房间。

我毫不客气地敲响302房间,但敲了半天也没人,我只好垂头丧气地走了。

那日,我灰心丧气地和总经理说:这机关我实在待不了了,我想找个清静的地方。

总经理阴沉着脸说:你不干,谁干啊!话音隐藏着另一番韵味。我彻底地气馁了,心想我算完了,怎么也逃离不了这层层藩篱了。

晚间,我哭丧着脸和老婆说:老婆咱们搬家吧,我实在受不了了!

老婆哭笑着说:说得轻巧,说搬就搬,那得需要一大笔银子买房子,你有钱吗?

我听了脑袋像炸雷似的“嗡嗡”作响,郁闷恐慌阵阵袭来。

一日,来了两个头戴国徽的人,我顿时愕然了,大声疾呼:真的,与我一点关系都没有!可是他们相信吗?

两个人的黑暗世界

赵前和孙力在办公室争吵得不亦乐乎，将整个办公大楼吵翻了天，两人谁也不让谁的份，谁也不甘示弱，言语尖酸刻薄，面红耳赤，爹妈都上口了，就差没动手了。

机关工作人员把室门打开一条缝，伸着脖子，侧着耳朵悄悄偷听，相互间窃窃私语，书记和镇长又打起来了。

突然一声震耳欲聋的爆炸，顿时山摇地动，大楼顷刻间坍塌，黄烟滚滚，化作一片废墟。霎时遁入茫茫的黑暗。不知过了多久，赵前书记苏醒过来，眼前一团漆黑，双腿像榆木疙瘩似的，没一点知觉。周围死寂般安静，安静得使人毛骨悚然，不寒而栗。赵前才意识到是一场大地震。摸摸头上一个书柜横着，摸摸旁边一张垮毁的办公桌，四零八瓣的。赵前拼尽全身力气，拼命往外拔着双腿，好在没有被预制板砸断，多亏办公桌挡住，与死亡擦肩而过。他忽然想起什么，急切焦虑地喊着，孙镇长，孙力，老孙……半天，听到一声短促的回音，赵书记，赵前，老赵……

哦，我们还活着！

你怎么样？

还好，只是腿不好受使。

你怎么样？

还好，就是胳膊不得劲。

两人同时长长地舒了一口气。

一张破碎的办公桌将他们俩隔开，两人一同用砖头砸碎办公桌的隔板，相互间说话没了隔音，顺畅多了。

不知又过了多久，赵前问孙力，老孙你饿了吧？

有一点。

给你。赵前说着递给孙力一块巧克力。

孙力急忙推辞说，我身体比你壮实，一两天不吃不喝没问题。你胃不好，还是你留着吃吧。孙力知道赵前一直没有结婚，过着单身生活，东一口西一口，饥一顿饱一顿的，这些年也苦了他了。

赵前患有严重的胃溃疡，每天上班时，定不可疑地在他衣袋里揣上几块巧克力，以防疼痛时嚼上一块，缓解胃的痛感。

都这个节骨眼了，你还分什么你的我的。说着强制性地递给了孙力一块。

一块巧克力嚼完，顿时两人精神多了，随之话也多起来。老孙呀，记得念大学时，有一次，你打完篮球回来，把我刚从食堂打回的一碗红烧肉偷吃了，让我饿了一宿肚皮。

孙力嘿嘿地笑了。老赵呀，那碗红烧肉可真香啊，现在还回味无穷啊！你还好意思说呢，那年夏天到农村支农，半夜三更你拉肚子，拉的脱水了，我背着你一溜小跑，上医院挂吊瓶，一裤筒稀屎，臭气熏天，还是我给你洗得呢。两人同时尴尬地笑了。

当年赵前和孙力同一所大学毕业后，一同分到县委的，后来又一同派到这个镇，一个当书记，一个当镇长。本来是一对很要好朋友，可是，也不知道啥原因，两人就是尿不到一个壶里去。要说有什么原则大事也不是，管那么点人，一个小镇子能有多大点屁事，反正说不清楚，都是一些鸡毛蒜皮的事。有人说，两只老虎拴在一个笼里还能老实？不打就怪了。这话也不是没有道理。

从此两人成了冤家对头，老死不相往来。每每研究工作或开会时，就争吵得无穷无尽，其他人员远远地躲着，谁也不搭边，不搭茬，索性悄悄溜走。甚至两人争吵到县委书记那，谁也不低头，谁也不让步……

不知过了多久，两人沉默一会儿，谈一会儿，一会儿，又沉默一会儿……

就这样反反复复地打发着这狰狞的黑暗世界。

老孙呀，以前在工作上有些磕磕碰碰的，都是我不对，你不要往心里去，我没有很好地和你沟通交流，我这个班长当的有愧呀！赵前深有感触地说。老赵呀！这事不能怪你，是我没有及时向你汇报勾通，是我的错，现在一想起咱俩以前那些笃深的交情，就后悔不已，心里就不是滋味。

唉，过去的事就让他过去吧，如果我们俩能活着爬出这鬼地狱，我们重打鼓另开张……

是啊！凭我们俩的能力，什么事办不成……

两人越说越激动，越说越情感交融，遗憾和愧疚交织在一起，喉咙都有些哽咽，眼圈有些潮湿。

孙力突然想起了燕燕，就问赵前，老赵你记得燕燕吗？

赵前若有所思，他怎么能忘呢？燕燕是他的大学同学，是他的初恋，只因大学毕业坚持要回家乡，燕燕非要留在省城，两人而分道扬镳。毕业十年了没见过面，不知她现在如何。

上次，我到省城开会见到了燕燕，她仍然单身一人，她说她在等你。将来我给你们俩当个月下红娘。

赵前沉默了，心想我不能死，外面还有个女人等我呢，还有很多事需要我去做啊！孙力沉默了，心想我不能死，我的任务还没完成呢，还有很多事需要我去做啊！

突然头顶有“咚咚”的声响，打破了恐怖的黑暗。老孙有救了！老赵有救了！两人兴奋不已，精神抖擞，两双大手摸索着伸向对方，瞬间两只有力的手紧紧地拉在了一起。

第四辑

四合院的石榴

黑牡丹

黑牡丹不是她的真实姓名，这是我偷偷给她起的，她的真名叫雨歌。

那个星期日的晚上，屋外下着淅淅沥沥的小雨，我同几个工友吃晚饭，闲之无聊，几个哥们就喝了几口酒，借着酒劲，七嘴八舌地谈起了雨歌。雨歌长得真养眼，你看那双乌黑闪亮的眼睛，像夜明珠似的；那头乌黑的秀发，像潺潺流泻的瀑布，五官恰到好处地摆布脸上，好看极了，可惜就是皮肤太黑了，不然的话，简直就是“赵飞燕”的再现。

“黑牡丹，一株美丽的黑牡丹！”我脱口而出一句赞美的言辞。突然我的后脑勺被筷子敲了一下。

“谁这么出口不逊？”雨歌忽然立在我的面前，严厉地问我。我一惊，忙不迭地说：“谁有胆量说你，闲侃！”我真的有点胆怯她，她总是一副冰冷的面孔，一双炯炯有神的眼睛，目不斜视，有种高傲孤芳的感觉。

我来站里报到时，是雨歌去小火车站接的。一路上她很矜持，没说一句话，我坐在皮卡车里，默默地瞅着茫茫戈壁的红柳，和路边正盛开着小黄花，心里一阵凉丝丝的感觉。从此，雨歌成了我的师傅。雨歌是西南石油学院毕业的，与我同岁，比我早一年毕业，我诙谐地说：“我们是校友，那你得管我叫师哥！”

“什么？虽然你比我大几天，但我是你的上一届，你得管我叫师

姐！”她很严肃，白了我一眼。我无可奈何，尴尬地说：“好好，叫你师姐行了吧！”雨歌欣然一笑，这是我第一次见到她的笑容。心里嘀咕：“黑牡丹，好厉害呀！”我背地依然叫她“黑牡丹”，当然不敢让她晓得，我还是有些怕她的。

输气站很小，小得可怜，站里就十个八个人，脸熟的闭眼睛都能画出来。方圆百十里荒无人烟，像座孤零零的庙宇，凄凉地伫立在戈壁滩上。我后悔不该来这个鬼地方。雨歌是站里唯一的女性，每天一丝不苟地巡检、记录、操作，浑身充满了生气，充满了力量，总是精神抖擞、英姿飒爽。

那天，天飘着鹅毛大雪，寒风冷的刺骨，我偷懒没有去室外巡检罐位。不知雨歌咋知道了，狠狠地呲儿了我一顿，呲儿得我脸紫茄子色，我无地自容，无话可说。乖乖地作了深刻的检讨。还有一次，输气工艺倒流程，我慌乱中搬错了阀门，雨歌冲上来扇我一个嘴巴子，打得我两眼冒金花。她气冲冲地说：“你拿生命当儿戏？学这么长时间，吃干饭了！”她让我避免了一次事故的发生，我打心眼里感激她，否则的话，我实习没结束，就要背上一个大处分，前程毁灭。我很佩服她的果敢、精明、泼辣。从此我在她面前，就像一只小绵羊，任她的皮鞭轻轻地抽打在我的身上。

那天休班，雨歌让我陪她去百里以外的小镇上采购食堂生活用品，中午在小吃铺吃饭，她破天荒地点了四个菜，还上了一瓶白酒。我感到很惊讶，但不敢言语。说真话，从参加工作很少喝酒，站里不允许酒后上岗。雨歌温和地说：“今天休息，让你放松放松，喝吧！”雨歌的酒量把我吓了一跳，一瓶酒我们俩二一添作五，我有些晕晕乎乎，眼皮打起架来，她却像没事似的，脸色黑红黑红的，我心里说道：“好一个漂亮的黑牡丹啊！”

她跟我说，她的老家在东北沈阳。我疑惑地问：“从大东北到大西北，从繁华的大城市到荒凉的戈壁滩，天壤之别，何苦呢，图啥呢？”

雨歌含笑着，眼圈裹着晶莹的泪花：“其中的情感你不会理解的……”我真的很难理解她，也诠释不了她，一个独身姑娘独闯大西北，让我很费解。

一年以后，我调回总部机关，雨歌当了站长。临走时我约她散步，我低沉地说：“我舍不得离开小站，舍不得离开戈壁滩，还有……”我的话很含蓄，其中的含义，我想雨歌会听出来的。雨歌沉思了半天，低沉地说：“回去吧，你父母身体不好，还需要你照顾！”我的心酸楚楚的，眼圈潮湿了，没有吭声。那次，如果雨歌说一个“留”字，我会毫不犹豫地陪她永远地留在这戈壁滩上，但雨歌没有说。

秋天，雨歌突然给我来电话，说要来总部办事，顺道来看看我。我的心狂跳起来。我点了北京的烤鸭，又给她倒了满满一杯酒，我愉悦地说：“雨歌，喝吧，这酒可比戈壁滩的酒好喝多了！”

她甜甜地笑了：“我最近身体不太好，医生说不许喝酒！”接着她说：“上次你问我，为什么一定留在戈壁滩的小站？今天我告诉你。”原来雨歌的父亲是老石油，后来到西气东输戈壁滩小站的，在一次抢险中不幸身亡。她说她要继承父亲的遗志，完成父亲未了的心愿，所以扎根戈壁滩。听完雨歌的故事，我的泪水止不住地流，为她的情感所打动，为她的遭遇所心痛。那天，雨歌没有喝酒，但却说了很多酒话。

我激动地说：“雨歌，你跟我交朋友吧，我会一辈子爱你的！”

雨歌脸色凝重，含着泪水拒绝我：“不，我会成为你的累赘，我希望你幸福！你还能叫我一声黑牡丹吗？”

半年以后，我鬼使神差地追到戈壁滩，雨歌却走了，她得了绝症，是在牡丹花盛开的季节不情愿地走的，她静静地躺在戈壁滩上。我把那束牡丹花放在她的墓碑前，仰天向着茫茫的戈壁滩高喊着：“黑牡丹，我的黑牡丹！”

等儿子回家过年

腊月二十八那天，在菜市场我遇见了黄大妈。她买了好多青菜，用拖箱小车拽着，走得很吃力，很笨重。

我纳闷地问：大妈你一个人买这么多菜？

多预备一些，等儿子回家过个好年。黄大妈兴高采烈，笑容喜在眉梢。

我蓦地一激灵，心猛地颤抖着。我没有校正她的话，心想，大妈糊涂了吧？或许思念儿子过度，思维错乱了？我想起唐代诗人王维的“独在异乡为异客，每逢佳节倍思亲，遥知兄弟登高处，遍插茱萸少一人”的诗句。春节临近，满是喜洋洋的节日气氛，哪一个老人不盼着儿女早早回家过个平平安安、团团圆圆的年呢！何况黄大妈孤苦伶仃一人，能不思念远方的儿子吗？人非草木，孰能无情！但是大妈的儿子永远也不会回来了！

天空飘着零星的雪花，西北风嗖嗖刮着，雪花飘落在她那蓬乱的花发上，料峭的寒风吹拂着她那沧桑的脸。我的心一阵儿酸楚，眼泪止不住地落下。大妈蹒跚着步履，跟随着我，我一直把她送回家。大妈的家里很简陋，却收拾得很干净，床单是新的，桌布是新的，阳台还挂着两个红灯笼。冰箱里鸡鸭鱼肉装得满满的，像个小百货商店。大妈一样一样地给我唠叨着，脸上溢满了喜悦。屋的正面墙上挂着一张二尺大的照片，照片上的小伙子身着一身橄榄绿，头戴贝雷帽，双眼包皮，英俊潇洒，笑吟吟的，露着整齐洁白的牙齿，一脸青春阳光。他是大妈独生儿子，当兵在联合国维和部队。半年前，在某国家一次执行任务中，为救一位被绑架的人质，不幸壮烈牺牲。这是前几天我刚到办事处工作时，居委会主任陪我走访时才知道的。

居委会主任跟我说：黄大妈命苦啊，老伴在老山战役中牺牲了，儿子是腹生子，一人拉扯着孩子，儿子牺牲后，政府安排她到敬老院，她说啥也不肯。说是好胳膊好腿的，不给人家添麻烦。大妈还是省里的拥军模范。我不禁对黄大妈肃然起敬。

临走时，我告诉大妈，等三十除夕夜时我来给您包饺子。

大妈满面笑容地把我送到楼道口说：不用，不用，大过年的，谁家没点活，你忙你的，我有儿子哪，他会包。

我有儿子哪，他会包。这句话不禁让我心里一震，我想说：大妈，你别骗自己了，你哪还有儿子啊！可是我没有说，我怕大妈在丝丝屡屡的企盼中失望，在极度兴奋中痛苦，我不愿把大妈这份企盼和幸福毁于一旦。我哽咽地说：过年了，儿子会回来给您包饺子的！望着大妈满脸沟壑的皱纹，我的心一阵绞痛。我说：大妈，你就把我当你的闺女吧！

走出大妈的房门，我迎着猎猎的寒风，雪花洒落在我的脸上，化成了水滴，顺着我的脸颊流淌，不知是雪水，还是泪水。

除夕夜，我正想敲大妈的门，突然惊愕了。屋里传来阵阵的欢声笑语，尤其大妈的笑声是那么甜蜜惬意。我慢慢推开虚掩的门，一群身穿橄榄绿的小伙子，围坐在大妈的周围，“妈、妈”一个个叫声不停，是那么亲昵甜美，每个人的脸上都洋溢着喜悦。大妈喜笑颜开，笑得像一朵灿烂的菊花。摸摸这个脸蛋，抚抚那个头，脸颊挂着幸福的泪花。

我不忍心打扰这份恬静安谧的气氛，便悄悄掩上门离开。这时来了

一个黑人小伙子，身子裹着橄榄绿大衣，肩上背着大包小包的，一张黑炭似的脸膛，只有那口牙齿是白的，我惊奇地问：你找谁？

黑人小伙子操着半生不熟的中国话说：我——找——黄——大妈！

我好奇地问：你找黄大妈？

黑人小伙子很干脆地说：她——是——我——妈妈！

此时，噼噼啪啪地响起一片爆竹声，把天空照耀得五彩斑斓，黄大妈甜蜜的笑声在春风里荡漾。

猫喝牛奶

那天下班，在电梯里遇到张姐，见她手里拎着一塑料袋牛奶。我本来不想搭讪，又一想自己刚来机关，与人热情点，对自己工作也方便些，便微笑着说："张姐，牛奶拿回家喝？"说完我后悔了，这不废话吗，牛奶不喝干什么！

张姐一脸不悦，眼皮不撩地说："我们家不喝这破玩意，给我们家猫喝！"我嗓子眼哏喽一下，赶快把下句话咽下去。

在机关，每天上午九点半是间操时间，大家伸伸胳膊腿，抻抻懒腰，然后每人发一袋牛奶。领导说，机关工作人员熬心血费脑神，需要增强体力增加营养，于是每人就发得一袋牛奶。

张姐和我一个办公室，那天主任领着我，对张姐说："这是新来的小李，和你一个办公室。”我微笑着向张姐点点头。张姐瞅我一眼，淡淡地说：“坐那吧！”指着靠门口的一张桌子说。

张姐三十多岁，长得很一般，打扮得却很时髦，黏着长长的睫毛，脸上涂着厚厚的粉底，两片薄唇涂得红彤彤的，长发挽在脑后盘着，别着一枚漂亮的蝴蝶发卡。衣着也很时尚，一码新潮派的，颜色鲜艳光亮。高跟鞋踏在走廊地面砖上“咔咔”的，节奏均匀，不紧不慢。大家听见“咔咔”的高跟鞋声，便知道张姐来了。看着张姐一身打扮，我知道张姐是个爱美的人。

闲暇时，张姐滔滔不绝地讲：“女人嘛，就得打扮得漂亮些，漂亮是给男人看的，男人是挣钱的，女人是花钱的！”我点点头，没吭声。

一天，张姐对着小镜子，用小毛刷在左眼皮下一个劲儿涂抹，我感到奇怪，怎么老涂一个地方呢？嘎巴了几次嘴，也没敢问，我怕触动她那尖刻的言语，被呛几句自讨没趣。我知道张姐是个爱面子的人，嘴比刀子还厉害。

有一次，我和小王一块在绿岛喝咖啡，话间提到张姐。小王忽地说：“你千万可别问她眼皮的事，她原来眼皮下长个黑痣，说是影响市容，去美容院做了手术，结果留下疤痕。”原来是这样。小王又说：“她把脸当试验田了，割了不知多少刀，遭了多少罪，到头来还是那副尊容。”

那天，张姐又对着小镜子涂抹，我偷偷窥视，眼皮下的确有一黄豆粒大的小疤，不特别注意轻易发现不了。

张姐很有规律，每周往家捎一次牛奶，有时行政科发的时候，张姐会多要几袋收起来。我对牛奶不感兴趣，便把它扔到卷柜里，时间长了，堆了一大堆。那天张姐温柔地问我：“小李，你咋不喝牛奶呢？”

我说：“肠道不好，不敢喝，一喝就拉肚子！”

“那给我吧！”张姐笑嘻嘻地，脸有些微红。

我说：“以后你都拿去吧，反正我也不喝！”

我突然好奇地问道："张姐，你们家的猫长得漂亮吗？"

张姐猛地一愣，少顷，笑着说："蛮漂亮的，每天要喝一袋奶的，我可爱猫咪了，家里有个小动物很好玩的。"她说了几句，就急忙话锋一转："今天天气真好！"我附和着："是啊，今天天气是不错！"

五一节我回老家，娘养的狸花猫生了毛茸茸一窝小猫咪，可爱极了。回来时我特意把那只白脑门的抱走。晚上我专门给张姐家送去，张姐看我怀里抱着猫咪，突然惊愣了。我甜甜地一笑说："张姐，你不是最喜爱猫吗，我特意从老家给你捎回来的。"张姐皱了下眉头，转瞬笑着说："好，好啊！"她找出一个纸壳箱，让我放进去。我愉悦地说："张姐，你们家的猫呢？这回有伴了！"

张姐的脸抽搐一下，吞吞吐吐地说："可能跑出去了！"

有一天早晨，食堂突然停水了，我只好去外面街摊吃早点，刚走到大街，就遇见张姐送她女儿上学，她女儿一手拿着面包，一手喝着袋牛奶。我很惊诧。张姐看出我的惊诧，尴尬地笑笑，然后领着女儿急匆匆走了。

小王过生日，请我去她家吃生日蛋糕。我一进门愕然了，那只白脑门的小猫咪正趴在她床上睡觉！我急忙问："你的猫咪哪来的？"

小王说："张姐给的，她说乡下一个亲戚送来的，烦死人了，脏兮兮的，就送给我了！"

我迷惑了，张姐不是很喜爱猫吗？每天还给猫喝一袋牛奶吗？

小王说："张姐从来没养过猫呀！"

枣　花

事情已经过去多年了，但枣花依然梦牵魂绕着我。

小时候，老家的院落有棵枣树，很粗很大。每年春天开花都晚些，一旦开花，一夜之间缀满树冠。白白的小花，连成一片，远远地望去，就像落上一层洁白的雪花。天高云淡的秋天，便挂满红红的大枣，一嘟噜一嘟噜的，像一串串小红灯笼，笑弯了树丫，风一刮，摇摇晃晃的，可爱极了。我油然感叹“莫道桑榆晚，为霞尚满天”的味道和内涵。

我问母亲，这树多大岁数了？

母亲微笑着说，我也不知道。我又问周奶奶，周奶奶笑得满脸皱纹舒展着，瘪着没牙的嘴说，我小时候，就有这棵枣树了，多大岁数了，记不清了。

那棵枣树不是我们家的，是周奶奶家的。周奶奶和我们住一趟房，她们家住东屋，我们家住西屋，共用一个堂屋，门对着门，锅台连着锅台。周奶奶家只有她和女儿枣花两个人。枣花的父亲早就死了，我从来没见过。枣花比我大十三岁，母亲让我管枣花叫小姨，我才不叫呢，我就叫她枣花。枣花并不生气，依然笑眯眯地，领着我打枣，采山杏，捉山叫驴。

每年枣树开花时，枣花站到梯子上，用打农药的喷壶往树上喷水。树叶沐浴了水分，滋润得绿莹莹的，小白花争奇斗艳。我站在树下，好奇

地问，枣花，你喷水干吗？

枣花笑着说，喷上水，花骨朵授粉好，才能结出又红又大的枣。

我懵懂地问道，什么叫授粉？

枣花噘着小嘴，捏着我的鼻子说，小屁孩，跟你说也不明白。

枣花在纺织厂当纺织工，每天前襟套着洁白的围裙，戴着无沿的白帽子，格外青春靓丽。枣花长得很漂亮，皮肤白皙如脂，水灵灵的，水嫩得像剥皮的大葱白，一碰就冒浆。长长的睫毛下，忽闪着黑亮亮的大眼睛，脑后扎着一对马尾辫，走路一跳一跳的，美极了。有一次，我笑嘻嘻地说，枣花，你真漂亮！

小屁孩，你知道什么叫漂亮！枣花含羞地笑了。

秋天艳阳高照，青青的枣涂上一层红红的颜色，缀满了树枝，枣花喊我，小屁孩，打枣了！她拿着竹竿打，我在树下捡，足足有一面袋子。我和枣花坐在树下的磨盘上，甜甜地吃着。枣花边吃边唱："阿哥阿妹情意长，好像那流水日夜响，流水也会有时尽，阿哥永远在我身旁，阿哥阿妹的情意深，好像那芭蕉一条根，阿哥好比芭蕉叶，阿妹就是芭蕉心，燕子双双飞上天，我和阿哥（妹）打秋千，秋千荡到晴空里，好像燕子云里穿……"枣花唱得很委婉深情，末了，向远处望去，静默地思忖着什么。我不懂，只是愣愣地听她唱。直到我长大了，才知道那是电影《芦笙恋》的主题歌曲，是首爱情歌曲。

有一天，枣花领家一个小伙子。小伙子瘦瘦的，高高的个子，戴副眼镜，很腼腆的样子。枣花满脸娇媚笑颜。我好奇，就跟着东屋跑，西屋跳的。母亲嗔怪地说，小孩伢子，别在这捣乱，出去玩去。

晚上，我听见东屋的周奶奶的吵闹声，枣花，他家成分不好，你跟他要受一辈子罪的，生个孩子，还是成分不好，你永远跳不出火坑……老爷子，我可怎么办呀，枣花你要是嫁给他，我就去死……我趴在被窝里，听见枣花嘤嘤的哭声。

母亲用衣角擦拭着泪水，叹着气，惋惜地说，可惜了，多么好的一对呀！

我问母亲，什么叫对象？

母亲说，就是一个男的和一个女的，在一块儿过一辈子。

那周奶奶为什么不让枣花和那个叔叔在一块儿过日子？

叔叔家成分不好，周奶奶怕枣花也跟着成分不好，受牵连。

我明白了，成分不好，就是阶级敌人，二狗子家成分不好，他爸就戴大尖帽子游街，我们骂二狗子是地主崽子。

那天，我去山坡上捉蚂蚱，忽然看见枣花和那个叔叔在林子里抱在一起亲嘴。我惊愣地站在那里。枣花羞红着脸，对我说，不许对我妈说，不然的话，我就不给你枣吃。我点点头跑了。

一天晚上，我睡得迷迷糊糊，突然周奶奶歇斯底里地号哭声把我惊醒。我忐忑地问母亲，周奶奶怎么了？

母亲流着眼泪说，枣花死了！

枣花好好的，怎么会死呢？

母亲哽咽地说，枣花肚里有孩子了，周奶奶不同意枣花嫁给那个小伙子，枣花上吊了。

我顿时傻了，眼泪扑簌簌流下。枣花吊死在那棵枣树上。我不明白枣花为什么要死？

周奶奶一边号啕着，一边愤怒着，叫人把那棵枣树连根刨了。木匠把那棵枣树给枣花打了一口棺材。我在棺材里撒了很多红枣，揉着红肿的眼睛，放声大哭，枣花，你死了，我再也吃不着枣了。

枣花死那年二十岁，正是一朵含苞待放的花季年龄。我那年七岁，是个不谙世事的孩童。奇怪的是，第二年在老枣树坑的地方，又长出一棵小枣树来。

每年清明时，我都要给枣花坟上撒些红枣，我惊奇地发现，枣花坟上有一堆没燃烧尽的纸灰。

夜惊

小时候，爸妈在城里忙工作，无暇顾及我，就把我送到奶奶家里。

奶奶家住在偏僻的大山里，四周高山峻岭，零零星星几户人家散落在山沟里。奶奶家紧靠沟里，再往里面就没人家了。白天我和几个小伙伴爬山坡，抓蚂蚱，捉蝴蝶，下河戏水摸鱼，耍得不亦乐乎。山沟里夜晚来得早，太阳一下山，明亮的天好像突然间落下一块巨大的黑幕，漆黑一片。天一黑我就吓得不得了，白天那种肆无忌惮的精神头，一下全没了，便蒙着大被躲到炕旮旯儿。

那时山里没有电灯，奶奶拨亮一盏小煤油灯，灯光微弱，风一刮火苗晃晃悠悠的，映照在黢黑的土墙壁上，拉出许多黑黑的影子，那些黑影就像人影似的，晃动着。我一看到那些黑影，就浑身哆嗦，心突突跳个不停。我越害怕，黑影晃动得越厉害，那黑影好像就是小山，于是我惊叫，大哭。我心里偷偷地祈祷：小山，你别找我，你不是我害的……然后我就拼命喊：奶奶，小山来了，小山来找我了……

奶奶也惊恐了，我的宝贝，哪有什么小山，那是灯光，你好好瞧瞧！

我悸动地说：就是小山，就是小山……

夜深人静的时候，奶奶站在月亮地的庭院中，冲着大山喊着：小海（我的乳名）回来吧，我的小海回来吧！奶奶说我的魂灵夜晚让鬼拽走了，要把魂灵叫回来，病就好了。

小山是我来奶奶家认识的伙伴，他家住在奶奶家下坎，有一百多米。小山比我大四岁，每天都是他带我玩。夏天的正午，太阳像个大火球似的，烤得玉米叶打了卷，大地烤得烫脚。我对小山说：去老鳖湾洗澡吧。小山说他会游泳，他就光着屁股往深水游去，我害怕就坐在河边的水里。小山玩得尽兴，就爬到山崖上往水里跳，一个猛子扎进去，溅起一片浪花。我拍着小手喊着：好，好，再来一个……

可是小山再也没冒出水面，等大人把他捞上来时，他已经死了。头上有一个大口子，呼呼地冒血，脸色青紫青紫的，龇牙咧嘴，很吓人。我一看就吓得魂飞魄散，嗷嗷叫喊。

我的夜惊越来越厉害。我是后来才知道这种怪病叫“夜惊”。那时村上没有医生，奶奶就去村口找黑娘，村里的人都这么叫，黑娘是个跳大神的。奶奶颠着小脚把她请到家里，黑娘是晚上来的，身着松垮的黑布衫，黑布衫长长地托在地上，身上挂着五颜六色的布条，脸上蒙着凶神恶煞的鬼脸，手里拿着一个腰鼓。院落中央放个桌子，桌子上摆着水果点心香炉。黑娘点燃三炷香，高擎过头顶，朝天拜了拜，嘴里不停地念叨着，念叨的啥，听不清楚。然后敲起腰鼓，又是蹦又是跳又是唱。那鼓声在静静的黑夜里响彻山谷，声音很瘆人。我躲在奶奶的身后，捂着眼睛不敢看。

末了，黑娘将碗里燃尽的纸灰，倒进一瓢水，又从身上摸出黄豆粒大黑蛋，扔进碗里。笑嘻嘻地说：小山这个小鬼叫我祛跑了，把这碗符水喝了就好了！

我闻了一下，酸哄哄的。我说：我不喝，腥臭的！

奶奶急了，舀了一勺红糖，急促地说：快喝吧，喝了就好了！

我闭着眼睛憋住气，仰着脖子，“咕噜”一下咽了下去。酸了吧唧卡嗓子，尤其那个小黑蛋，一股汗臭味。我长大后，怀疑那个小黑蛋是不

是黑娘身上的搓下的污垢，我一想到这，就有些恶心。

符水喝了，大神跳了，可我的精神愈加恍惚了。夜里巫婆的影子在我眼前舞动，我吓得毛骨悚然，惊叫不已！

奶奶颠着小脚又去找黑娘，黑娘摊摊鸡爪子的手，说：没招了！

深冬了，漫山遍野白雪一片，村里来了解放军野营拉练队伍。奶奶听说队伍里有大夫，就领着我踩着没膝的雪，找到队伍上。那个解放军大夫很热情，一边问奶奶，一边给我检查，笑呵呵地说，大娘，小孩子没大毛病，就是受到点惊吓，叫“夜惊”。我黑溜溜的眼睛盯着他那红五星红领章出神。

解放军大夫给我开了一些白药片，又对我说：小朋友，长大想不想当解放军呀？

想！我双脚立正，五指并拢，字正腔圆地回答。

想当解放军，就要当个勇敢的小小男子汉，不怕鬼，不怕黑……他的话居然使我有股精气神。

那晚，红五星红领章在我睡梦中闪烁！那夜我没有夜惊！

深山里的老兵

老兵一脸络腮胡子，黑瘦的脸庞，个头矮矮的，腰板依然挺拔，一双眼睛炯炯有神。他穿着一件旧军大衣，头上戴着一顶棉军帽，这一身发白的戎装虽然没了帽徽领章却依然庄严。

老兵转过身，瞅瞅我，没有言语，将房门重新打开，把我让进屋里。屋里很窄，十几平米，一头摆着简单的锅碗瓢盆，一头炉灶连着火炕，摆设很简陋，但很干净，军用被叠得有棱有角。墙壁上挂着一张很大的照片，两个威武的军人，那个矮个子就是老兵，胸前佩戴一枚金光闪闪的奖牌。老兵说：那是军区表彰会时，同首长照的。老兵一脸喜悦。

大山里没啥好吃的，将就垫垫肚子吧！老兵把一块玉米饼和一碗白菜汤递给我。我狼吞虎咽地填进肚里，周身顿时有了热气，手脚也不再发凉了。

天空飘着鹅毛大雪，雪花漫天飞舞，铺天盖地。该死的天气，像小孩的脸变化无常，瞬间，刮起爆烟雪，扫得人睁不开眼睛。我皱了皱眉头，心里一阵慌乱，后悔不该来这里。这里是大兴安岭的原始森林，我从沈阳来的，大庆的一位朋友，开车拉着我跑了一千多公里。父亲说：那里风景非常美，会留下美好的胶片和印象的，那里的人会让你流连忘返的，可惜呀，我年龄大了，走不动了。父亲有些惋惜，但眼神充满了激情和憧憬。我兴致勃勃地背着大包小包的照相家什，踏入原始森林。

老兵似乎窥视出我的心思，温和地说，下这么大的雪，走不了了，就在这住上一宿吧！老兵说他本来要下山回家看老婆的，他和老婆约定好的每周回去一次，不然的话老婆不放心，下这么大的雪，他也回不去了。

我歉意地说，对不起，耽误你回家了。

老兵说，这里靠近边境线，那些房子原来是军营，现在部队撤走了。营房墙壁上清晰地留存着“听党指挥，英勇善战，服务人民”的字迹，光鲜夺目。老兵说，他每年都要用红油漆描一回。老兵讲时，双目凝望着窗外那几排营房，脸色凝重，神情肃穆，眼中闪出晶莹的泪花。

他仿佛遥见了什么，又似乎听到了什么，嘴唇不时地抖动着。他看见了战友紧张的军训？还是听见了嘹亮的军号声？我猜不出来。

老兵说，部队撤走了，他没有走。他跟部队首长恳求：我不走，我要守护这兵营……首长每年都来看他，他很高兴，他觉得自己还是一个兵。后来老兵和山下林场的一位姑娘结了婚，安了家。

老兵的家在二十公里以外的林场，老婆在家养殖木耳采集蓝莓，儿子在哈尔滨读大学。

那次，营房来了几个浑小子，说是要拆走营房的玻璃、房梁木，老兵扯掉衣服，露出黝黑锃亮的身子，怒目圆睁：你们要敢拆，先从我身上踏过去……几个浑小子看老兵玩命的架势，退缩而逃。

晚上，老兵做了四个菜，小鸡炖蘑菇、猪肉炖粉条、兔肉炖酸菜，外加一盘大葱蘸大酱。我想老兵大概拿出他所有的积蓄招待我了。

大山里冬天的夜晚，万物静悄悄的，四周几十里没有灯光，黑漆漆的一片，唯有肆虐的狂风呼啸着，发出尖利的叫声，片片的雪花打在窗棂上，发出沙沙的响声。老兵点燃蜡烛，火苗忽明忽暗，屋里闪着微弱的光线，老兵的影子映照在墙壁上，拉得很长很长。我们盘腿坐在热乎乎的火炕上，大口吃着肉，大口饮着老兵自制的蓝莓酒，屋内顿时飘荡着浓浓的肉香，淳淳的酒香。这是我一生最美的一顿大餐。

老兵醉了，说着醉话，大兴安岭的绿色美呀，就像军营的绿军装一样，充满了生机……

我也醉了，醉得很甜很酣。

第二天，雪停了，太阳出来了，一片银光素裹。老兵拉着我一起下山，雪将路淹没了，很难走。走了大半天才到一个村口，几处木板房影影绰绰，零零散散。路边雪地站着一位女人，双手插在袄袖里，浑身落满了洁白的雪花。

老兵有些急切，却一脸笑意，嗔怪地说，大冷的天，你腿脚不好出来干吗！女人一瘸一拐的，满脸笑容。我知道那是老兵的老婆。

车来了，我紧紧握着老兵的手道别，谢谢你的热情款待！我遵照父亲的嘱托，悄悄塞进老兵衣袋里五千元。

老兵突然“啪”地行个军礼，很标准的姿势。欢迎首长再来检查工作！声音洪亮，眼里放出异样的光芒。

车渐行渐远，老兵依然纹风不动地举着手，粗犷嘹亮的军歌响彻深林上空。泪水挡住了我的眼帘，有个秘密我没有告诉老兵——照片上的首长就是我的父亲。

四合院的石榴

王奶奶手拎着烟袋杆，颠着颤巍巍的小脚，在我后面撵着，瘪着没牙凹陷的嘴说，小兔崽子，石榴没熟哪，你就偷吃，不糟蹋了吗？

我围着石榴树转圈圈，跟她玩起捉迷藏，躲闪着她的烟袋杆，做着鬼脸说：我就吃，我就吃！王奶奶三寸金莲哪撵得上我，撵一气，便喉唠气喘地坐到树下的石登上，吧唧，吧唧抽起烟，扑出一口烟雾说，乖乖，等熟透了，奶奶会给你摘吃的。我便不淘气了，乖乖地依偎在她的怀里，听她讲老掉牙的故事。大灰狼……从前山上有座庙……

我不耐烦地说，我都听一百遍了，你长得那么俊，咋不讲讲你的故事呢？

傻孩子，我一个糟老太太，有啥故事！王奶奶字字不提她的事，连她小时候的事都闭口不言。我说这话时，她的脸色很沉重，泪花在眼圈转

悠，像林黛玉葬花，多愁善感。我觉得怪异，王奶奶的表情和那张照片，在我脑海里蒙上一层神秘的面纱，我迷惘，解不开那层面纱的真谛，想不明白那张照片的私密。

小时候我家住在一个四合院，东屋住着王奶奶，孤苦伶仃一个人。爸妈工作忙碌，就把我交给了王奶奶照看。院落不大，有棵碗口粗的石榴树，妈说是王奶奶栽的，有二十多年了。树下有一花岗岩石桌和四个石凳，我和王奶奶坐在石凳上，石桌上放着烟笸箩，她把碎烟叶装进烟锅里，用左手大拇指摁摁，然后划上火柴，吧嗒，吧嗒抽着，抽得很香，嘴里不时地吐着浓浓的烟雾。王奶奶的烟袋杆有二尺多长，烟锅很大，是紫铜做的，烟嘴是汉白玉的。时间长了不透气，她就用细铁丝透烟袋杆，透出很多黑黑的黏糊糊的东西，一股辣蒿蒿的味。她说是烟油子。

那次我退乳牙时，疼得满炕打滚，王奶奶用烟油子掺和土豆泥糊我腮帮上，不一会儿就不疼了。

王奶奶有个非常美丽优雅的名字，就跟院子的那棵树一样——“石榴”。我问：是奶奶的妈妈起的吗？

她说不是。

那是谁起的？

她用烟袋锅敲一下我的脑门，瘪着嘴笑，不语。我纳闷，为什么叫“石榴”呢？又不肯说是她妈妈起的名字，我的名字就是妈妈起的。

有一天下雨，不能去屋外了，我趴在炕上看小人书。王奶奶躲在炕边翻腾着什么，我悄悄爬过去。她痴情地翻看一张发黄的照片，照片上的女人很漂亮，穿着大红旗袍，烫着卷发，涂着红唇，高筒白袜子，圆口布鞋，手拿一把圆型丝绸扇，妩媚婀娜。我惊奇地问：奶奶，这是你吗？真漂亮！就跟红石榴一样，好看还好吃！

王奶奶瘪着漏风的嘴笑了，笑得很甜美，满脸的皱褶像一朵盛开的石榴花，没言语。

晚上，我跟妈说：我今天看见奶奶年轻时的照片了，可漂亮了！

爸爸叹着气，惋惜地说，可怜呀，要不是旧社会，她哪能去那个地方，当窑姐。

我懵懂地问，妈，啥叫窑姐？

妈擦着眼角的泪水说，小孩子，不要瞎说！

那年过年前，妈妈让我陪王奶奶去澡堂子洗澡，我发现她肚皮上有条很长的疤痕，紫黑的颜色，肉和皮扭在一起，揪揪巴巴的。我觉得很奇怪，长得那么白净漂亮，肚皮咋会有条疤呢？难看死了！那条疤痕一直在我脑海里转悠。

直到长大以后，我才知道，王奶奶原来生活在翠花楼。有一天傍晚，王奶奶正在阁楼房间梳洗打扮，那时王奶奶叫“石榴”。突然闯进一个满脸血污的人，楼下传来一阵枪声和嘈杂声。王奶奶一把把那个人藏进床榻的屏风后。一群国民党兵踹开房门，大吼大叫，说是要抓一个受伤的解放军。王奶奶笑嘻嘻地说，哎哟，你们这些国军太不讲究了，来寻乐子，也不能动枪动刀呀？

一个当官的狠狠地骂了一句，他妈的，臭婊子。说着就要搜查，王奶奶灵机一动，妩媚地往当官的身上贴，手还温柔地抚摸他的脸蛋。当官的一看，不像是有人窝藏，怕搜查不出人，耽误事，挨上司的惩罚，便吼道，走，搜别的屋。当官的迈出门槛时，突然回头照王奶奶肚子就一刺刀，血忽地涌出，王奶奶倒在了血泊中。

那年，石榴花开的火红的季节时，四合院来了一位两鬓花白的军人，规规矩矩地给王奶奶敬个军礼，并把王奶奶接走了。王奶奶走时满脸喜泪，抚摸着我的头，爱惜地说：石榴树交给你了，果子熟透了再吃，不然怪苦涩的。望着王奶奶的车渐行渐远，我哭了。

我问妈妈：王奶奶还会回来吗？

妈妈摇摇头。

那些人为什么管那个军人叫“将军”？

妈妈流着幸福和心酸的泪水说，那个将军就是王奶奶救下的解放军！

别叫我“小右派”

我上小学五年级时，班上来了一位新同学，他个很高，长得很瘦，长胳膊长腿的。比我们这些农村的孩子高出半个脑袋，也许我们干农活累得光往横上长，不往高上蹿了。

我和二驴子并不叫他大名，而叫他“小右派”。其实我和二驴子也不知右派是啥意思，光晓得不是好事，究竟咋回事也说不清楚，只是一种好奇心罢了，我们还是听韩四说的。那次，“小右派”他妈挑粪便水被石头绊了一跤，粪便水撒了一地，韩四气势汹汹地骂道，老右派，连粪便水都不会挑，你会干什么？

我和二驴子叫“小右派”时，他一声不吭，气呼呼地喘着粗气，眉毛聚皱到一起，拧成麻花劲，脸染成猪肝色。眼球睁得像牛眼睛，死死地瞪着我俩。余光里好像有种异物翻滚着。我和二驴子就嘿嘿地笑：“小右派”你不服吗，想造反吗，你要想造反，就举报给韩四。韩四是村上的治保主任。

“小右派”眼圈含着泪，转身走了。

"小右派"和他妈是从沈阳下放来村上的。听说他妈是省城一所大学的教授,啥叫教授我们不懂,反正他妈就像韩四说的那样,是四类分子,四类分子就是贫下中农的仇敌。我和二驴子就把"小右派"当作我俩的仇敌。当作仇敌并不是因为他妈是右派,他妈是不是右派,与我们有啥相干,那是大人的事,与我们小屁孩没啥关系。而是"小右派"不给我们小人书看,所以就把他当作仇敌。

我们村离学校有八华里,中午带饭在学校吃。那时学校也不正经上课,每天老师领我们念"毛主席语录"。老师也无精打采的,好像没睡醒似的,念完拉到,就完成任务了。经常上午上课,下午就撒丫子放学了。在家没事干就满山撒野。我和二驴子上树掏鸟窝,"小右派"偷偷躲到一边不知干啥。我和二驴子以为他胆小不敢上树,就拽他往树上搡,他死活不爬。我嗤笑他说,以后掏鸟窝摸鱼别找他,他是个胆小鬼!

有一天大中午,二驴子来我们家,诡秘地说,你猜"小右派"在家干什么?

我不屑地说,废话,我哪知道他干啥!

他在家看小人书,他家好大一堆了,我刚才趴他家窗户瞧见的。那时除了几本"红宝书",其他的书少得可怜,一听说有书,我顿时眼睛一亮。

我气愤地说,好啊!有书不给我俩看,吃独食,走,找他借几本看看!我和二驴子雄赳赳气昂昂地说,"小右派"把你的小人书给我们看看!

"小右派"哆哆嗦嗦地说,那不行,我妈不让!

那是你的小人书,也不是你妈的,你妈不让你就不敢了!

真的不行,那是"封资修"的书,要是让韩四知道了,我妈又得挨批斗了!他哭咧咧地说。

我说,不借拉倒,我们还不稀罕呢!

我跟二驴子悄悄地说:他不借,咱给他点眼罩瞧瞧!有一天,我和二驴子抓了一只癞蛤蟆,给癞蛤蟆嘴里填了咸盐粒,偷偷放到他课桌里。上课时,老师说:请同学们把“毛主席语录”拿出来。老师的话还没说完,就听“小右派”“嗷”地一声,那个癞蛤蟆跳到了课桌上,“呱呱”地叫着,像个喉痨气喘的干巴老头。同学们哄堂大笑,课堂乱作一团。二驴子向我挤挤眉眼,我俩偷偷地乐!老师的教棍死劲地敲着讲桌,愤然地问,谁干的?顿时鸦雀无声,静悄悄的,谁也不吭声。

“小右派”抹着眼泪说,老师,可能昨天我在河边玩,爬进书包的。“小右派”眼睛泪汪汪地瞅瞅我和二驴子。我们俩将头低到桌底下。

放学后,我问他,你明明知道是我和二驴子干的,你为什么不向老师检举?

我要说是你们俩,我不成了“叛徒”了!他说的很真切地样子。

我的心不禁颤抖一下。二驴子拍拍他的肩膀说,好样的,跟我们一伙的!

我和二驴子要去割草,卖给生产队好买小人书,“小右派”跟我俩后屁股撵过来,我们说:“干活你不行,你还是回家吧!”

他说:“你俩不说我们是一伙的吗?”

我们正割得来劲时,突然“小右派”歇斯底里地叫喊着。我和二驴子跑过去一看,把我俩吓坏了,“小右派”小腿上有两个针眼,冒着丝丝的血,我慌急地说:“是花脖长虫咬的,有毒!”

二驴子二话没说,弯下身子就用口咂吸,我俩交替着吸,吸出了好多毒血,然后把他背回村上卫生所。

他妈很感激我和二驴子,特意把我俩请到家里吃顿老母鸡炖蘑菇。

那天,“小右派”一瘸一拐地找我俩,将书包里的小人书“哗”地倒在炕上,高兴地说,你们俩看吧,我不怕韩四了!

二驴子说,行啊!“小右派”宁死不屈,赶上“刘胡兰”了!

"小右派"苦伤着脸说，你别叫我"小右派"，叫我大名好吗！

我说，大名叫什么呀？

任大宝！

我们三人的手扯在一起……

丑　货

那天，丑货突然来到我家，时已至中午，我不禁惊讶。大热的三伏天，从城南头跑到城北头，这也好几十华里呀。他满头大汗，气喘吁吁的，或许天气太热，汗水顺着脸的皱褶流淌。我忙递他一杯凉开水，他咕咚咕咚地喝下去，才松口气。

他混浊的眼神忽然一亮，惊喜地说，老姜，这客厅好大好漂亮啊！说着逐个房间参观了一遍，咂着舌不停地说，好，好……

我有点苦涩地说，这可是倾尽我的全部积蓄，把棺材本都搭上了，儿女们又凑了些，买了这套新楼房。儿女们说大一点年节回来住着宽敞。

他若有感触地说，儿女们好啊，我就比不上你了。

丑货，咱哥儿俩好长时间没见面了，今天咱哥儿俩喝一杯。我让老伴又多炒了几个菜。

丑货原来和我是一个厂子的工友，一块进厂当学徒工的，一个师傅的徒弟，师兄弟。住在一个宿舍，吃在一个食堂，好的甚至睡一张床，穿

一条裤子。后来相继结了婚，安了家，各过各的日子。丑货的命很苦，不知爹妈是谁，他是在孤儿院长大的，也没有个正经的姓，孤儿院的孩子一律姓“党”，名字是孤儿院长起的。院长说“丑货”这个名字好，命大好养活，从此才有了大名“党丑货”。

工友们觉得叫“党”字别扭，就把“党”字省去了，直接喊“丑货”了。

退休这些年还好吗？我着急地询问道。

他霎时眼圈潮湿，泪光盈盈地叹息道：还凑合着，退休那年老伴走了，儿子没工作，蹬三轮车拉脚，一天混不了几个钱，三十好几了也没娶上媳妇，每月就靠我这五百多块的养老金。说着用粗糙的手擦拭一下眼角的泪水。

我的心酸溜溜的，仔细地端详着他。他依然身着那件旧式蓝色中山装，脚穿一双老掉牙的脏兮兮的三接头皮鞋，对，想起来了，还是去市里劳模会领奖时，厂长特意奖励他的。满头花发，寻觅不出一根黑发丝，脸上的褶子纵横交错，愁云密布。在那个年代，丑货是没白没夜地干，把厂子当成家，整天没言语，就知道闷头干活，每天第一个进厂，最后一个离厂。记得有一次，为了撵生产任务，连续干了三十六小时，累得晕倒在车间里，我把他背到医院抢救过来。

看着他，我的心在翻滚着那些往事，纳闷地问他：“丑货，你今天来一定有什么事吧？”

他啜一口酒，沉默好半天才说：“老姜，你原来那老房，就是那瓦房还在吗？”

我迷惑了，还空着那，当初买这楼房时，儿女们不让卖，说是等动迁能多赚几个钱，一直在那闲着。

他嘴角露出一丝笑容，不好意思地说：“能租给我吗？”

我愣怔迷惘了，你不是有房吗？租房干什么？

别提了，说出来不怕你见笑，儿子好不容易处个对象，女方提出结婚必须买套新楼房，否则不结婚，没办法，我把两间瓦房卖了，把积蓄全填上，又借了一部分，总算给儿子买了一套新楼房，可我就没地方住了。说着泪流满面，有些哽咽。他还告诉我，为了还清债务，他在一家私人企业推运货物，每天要干上十几个小时，一天下来得扯猫尾巴上炕。我不禁潸然泪下，心里默默念叨，丑货，丑货……

我知道他那两间瓦房是厂子的房改房，三十多年了，已经破旧不堪。有一年，市政府奖励他一套大房，他说什么不要，说是三口人二间房够住了，还是给那些人口多的人家吧。事迹还登报了。

我的心阵阵灼痛着，怜悯地说：你随便住吧，就算给我看房了。望着他那沧桑的脸庞，弯曲的脊背，一阵难过，像打碎五味瓶似的，酸甜苦辣一齐涌向心头。忽然想起那次“大干三十天，拼命攻破关”的表彰大会上，老厂长说的那句话：谁说是“丑货”，我看是“珍宝”，有了丑货这样的主人翁，我们厂什么人间奇迹都能创造出来……

时代过去了，丑货真的老了，虽然六十出头的人，看上去却像七老八十的。

我劝慰了他一番，让他注意保养身体。

他嘿嘿一笑说：就这个挨累的命了。

临走时，我把房门的钥匙交给了他。他紧紧地握着我的手，久久地不放松，喉咙结蠕动着，一句话也没说出来，双眼含着泪水，定定地盯着我苦笑着，我的心霎时翻江倒海。

初春的一天，丑货突然来电话，说是那片瓦房马上就要拆迁了，要建高楼大厦，让我赶快去动迁办办理相关手续。

我愕然惆怅了，拆迁了，丑货到哪栖身呢？

第五辑

凉风吹拂的夏夜

荷 花 灯

荷花青筋暴跳的手,颤巍巍地划着火柴,将蜡烛点燃。火苗一跳一跳地闪亮着,她的心情也像这烛光一样,一闪一闪,一亮一亮。弯曲着身子蹲在石阶上,几乎要倾斜到河里,然后将点亮的荷花灯轻轻地放入水面。满脸皱纹舒展一下,微微地一笑,干瘪凹陷的嘴,漏着口风,自言自语:大奎,回家的路照亮了,回来吧!

荷花浑浊的眼睛,望着河面,好像大奎就在眼前。那年那月一个凄风寒雨的夜晚,她与大奎正情意缠绵时,刘财主领着一群国民党兵闯进窝棚,将大奎捆得五花大绑,强行拉去当壮丁。荷花哭得死去活来,死死地拽着大奎的裤腿不撒手。大奎回头高声喊着:荷花,等着我,我会回来的!

明亮的荷花灯顺着河流渐渐远去,荷花的思念也随着荷花灯飘向远方。她眺望着荷花灯慢慢变成一个红点,荷花灯一根长长的无形丝线,扯着她凄苦的心。

芦洲河一带的人家,每年正月十五元宵节,又称灯节,都要送灯。芦洲人家的灯节不同于其他地方,其他地方是将灯送到死去人的坟茔上,芦洲人家的灯是放在河里。说是让死去的人平静安心,祝福活着的人幸福安康。每每正月十五,家家户户都要做一盏灯放入河里。

荷花做的灯最大最漂亮，她做两盏灯，一盏放入河里，一盏悬挂在大门脸上。说是给大奎照亮回家的路，怕大奎找不到家。

荷花是芦洲河一带有名的巧手美人，做出的荷花灯又鲜艳又漂亮。荷花精心地把竹篾用刀刮得薄薄的，用细线扎成半球形状，再用红色透明薄膜纸贴在球面上，把宣纸剪成一个个花瓣扎在灯的底部，然后贴上剪好的莲藕荷叶，调好颜料，最后画上纹理细密的荷花瓣，一个漂亮的荷花灯就做成了。荷花聚精会神的样子，好像不是在扎灯，而是抚摸着大奎黝黑健硕的臂膀。

皎洁的月光泼洒在河面上，银光闪闪，波光粼粼。涓涓的河水，哗啦啦地奔向远方。荷花凝视着明净的月亮，两行泪水顺着沧桑的脸流下。

六十多年前，一个雷电交加的雨夜，荷花从刘财主大院逃出来，拼命跑到芦洲河岸。望着眼前滔滔的河水，瞅瞅后面一群追杀她的人，荷花一下跪在河岸，朝着雷鸣闪电的天空呼喊着："苍天呀，难道真的要置我于死地吗？"苦咸的泪水顺着她的脸颊流淌。

忽然传来一阵激昂高亢的船工号子：吆嗬……哟吆嗬……吆哦吆嗬……吆嗬嘿吆哦嘿嘿……伙计们呀，嗬嘿；收纤缆呀，嗬嘿；橹下跨呀，嗬嘿……远处一只乌篷船上闪烁着一盏荷花灯。荷花爬起来没命地向船奔去。当荷花醒来时，已经躺在船舱里。船工是位憨厚的小伙子，微笑地问她，醒了。

荷花感激地说，大哥，谢谢你的救命之恩！荷花知道小伙子叫大奎，是芦洲河摆渡的。

姑娘，刘财主为啥追杀你？大奎温暖的话语，一下子激起荷花满肚子苦水。

荷花和爹逃荒来芦洲河，谁知爹饿死半路，为给爹讨口棺材下葬，荷花跟刘财主签下三年苦役卖身。刘财主看荷花长得水灵灵的，想纳荷花为妾。荷花死活不肯，便趁着雨夜逃出虎口。

大奎气得咬牙切齿，老财主心太狠了！

第二天晚上，大奎回来得很晚，一进船舱便咬着牙根说：老财主，你也有今天！荷花惊愕地瞅着西边天空一片火海，心里一片疑惑。翌日，荷花听船工们说，刘财主遭天谴报应了，大雨天他家竟然着这么大的火，烧的天都红了，房屋烧的一片灰炭。荷花的心不禁一震，泪水夺眶而出。

大奎每天给荷花熬芦洲河的鱼汤，荷花很快身子硬实了，恢复了少女的笑颜。大奎说：荷花，过几天我要去苏州运货，顺道把你送回老家吧！荷花望着憨厚的大奎哭了，哭得很伤心，喋泣地说："大奎，是你救了我，我无家可归了，你要不收留我，只有死路一条了……"

一天，大奎慌慌张张地跑到船上，急促地说："荷花，快，赶紧逃，刘财主领着家丁来了！"荷花是小脚跑不动，大奎背起荷花便向山上跑去。自从大奎被抓走后，荷花也被刘财主关进柴房。一个月后芦洲河解放了，荷花解救了，大奎却杳无音信。从此荷花每到初一十五便把荷花灯悬挂在门脸上，伫立在门脸台阶上，遥望着天空牛郎织女星，唠叨着听不清的窃窃私语。

日子像苦水一样流逝，荷花伴着苦水老了，老的走一步掉一块，脸上被苦日刻上道道皱纹，像一条条蚯蚓在蠕动。一阵寒风吹过，吹乱了花白的银发。芦洲河的人路过，心酸地叹息：荷花，夜凉了，起风了，回家吧！

那天，从台湾来一位老女人，还有一双儿女，将一个盒子交给了荷花，荷花沧桑的脸紧紧贴在盒子上，滚落下两行泪水，喃喃地说："大奎，回家喽！"大门脸上的荷花灯一闪一闪，若明若暗。

翌日，黎明的太阳冉冉升起。荷花怀里抱着盒子，背依大门框，坐在荷花灯下睡着了。荷花灯在春风里摇来晃去，灯光映在荷花脸上红彤彤的。

蚕 女

伤风败俗的玩意儿，丢尽了我这张老脸，我修了一辈子德，这下全让你给败坏尽了，我在乡亲们面前还咋抬头，咋见人呀？爹站在庭院中，铁青着脸阴沉沉的，响着放蚕的嗓门，冲着屋里的蚕女没好声地怒吼道。

蚕女掩面默默地流泪，手下意识地抚摸着鼓起的肚皮，小生命不谙世事地在肚子里乱蹬胳膊腿，蹬得她阵阵畅快，脸发红发烫，有些羞涩。蚕女欣然地笑了，心里有了一股甜丝丝的滋味，一阵欣慰和希冀激荡着她的灵思。蚕女遥想着远方的大永，憧憬着美好的未来，擦擦眼角的泪水，脸上浮起了笑容。大永告诉她，山外有着精彩的世界，那里的高楼大厦，仰着头才能看见楼尖，马路宽阔，宽阔得就像山脚下的响水河，路上的车辆像蚂蚁似的，一眼望不到边，晚上五彩缤纷的灯光就像天上的星星……将来我一定带你去开开眼界。爹消声了，大概骂烦了，骂累了，东屋传来沉闷的鼾声。蚕女遥望着银河，数着天上的星星，情不自禁地哼唱起，啦啦啦，摇呀摇，摇呀摇，宝宝怀中睡，摇你长大，有了希望，宝宝快长大……

翌日，天刚放亮，蚕女挑起担子，去了蚕场。蚕场是一片向阳的山坡地，山坡长满了一人高的柞树，柞树刚刚吐着绿油油的嫩叶，正是放蚕的好季节。蚕女把担子里绿莹莹的蚕宝宝，小心翼翼地一个个放到柞树叶上。那些蚕宝宝长得胖胖的，欢快地在柞树叶上爬着，张着豁牙小嘴，一点一点香甜地啃吃着嫩嫩的绿叶。蚕女看着一个个活蹦乱跳的蚕蛹，忘却所有的烦恼，不由自主地摸摸肚子，小生命突地又跳了一下，蚕女就像吃了蜜似的，笑得很美，笑得很甜。自言自语，宝宝别蹬了，蹬疼妈妈了！

一群群山雀铺天盖地地飞来，蚕女站在山冈上，两手放在嘴上拢成喇叭状，冲着茫茫的青山，大声地喊山：哎，哎……大永……我要当妈妈了……你有儿子了……声音在山谷里回荡，一群群山雀惊飞了。本来蚕女喊山是想吓飞那些山雀，那些山雀是奔这些蚕蛹来的，如果山雀将蚕蛹吃掉了，一年的收成就落空了。然而却油然地喊出了心底的话。那群山雀可不管蚕女收不收成的，那些蚕宝宝可是它们的美味佳肴。也不管蚕女啥心情，喊山一时惊飞了它们，一会儿又一群群地又飞回来，在天空打着旋窥视。蚕女赶忙扎起稻草人，她给稻草人穿上绿军装，戴上绿军帽，用一块白布包起一张脸，画上鼻子眼睛嘴，一个活生生的人站在眼前。蚕女端详着，看着看着，眼前的稻草人便变成了大永，笑呵呵地瞅着她，好像跟她窃窃私语。蚕女的心怦然跳动，脸颊飞起两朵红云，情不自禁地抱着稻草人，轻轻地喊着，大永，大永，我爱你……

一群群山雀发现了稻草人，大概看懂了蚕女的心思，知趣地飞走了，到别处觅食去了。

蚕女坐在山冈上，望着满目青山，轻声唱着，摇呀摇，摇呀摇，宝宝怀中睡，摇你长大，有了希望，宝宝快长大……手中飞快地钩织着毛衣。大永休探亲假时，和她说，北方的边防哨所天气很冷很冷，零下四十多度，很容易冻坏手脚，雪好大好大，有膝盖那么深，我们每天踏着没膝的雪巡逻。

一定要赶在今冬前把蚕丝毛衣织好，让大永暖暖和和地守好边防哨所。蚕女遐思着，幻想着，小巧玲珑的手指翻飞着，她要把她的甜蜜、温柔、心情一针一线地编织进去。

那天阳光明媚，蚕女送大永到山口，大永拥抱着她，蚕女，来年春暖

花开时，我复员回来一定娶你！我们一起养蚕，致富家乡……蚕女嫣然地笑了，笑得灿烂璀璨。

入冬时，边防哨所下了好大一场雪，部队来电报催蚕女马上赶到部队。蚕女看见了大永，大永的周围被鲜花簇拥着，静静地躺在冰冷的房间里，脸上安详地微笑着。部队首长沉重地说，大永是好样的，是顶天立地的男子汉，是英勇无畏的好战士……大永在与越境逃犯的搏斗中牺牲了。

蚕女缓缓地拉起大永的手，轻轻地放在自己隆起的肚子上，脸贴在大永的耳际，悄然地说，大永，我们有儿子了……泪水无声地滑落下来，一滴一滴落在大永冰冷的脸膛上。

不久，蚕女生下一个男孩，那个男孩就是我。我呱呱坠地时，姥爷用他硬硬的胡子亲昵着我，给我起了一个响亮的名字——“继兵”。

十八年后，我穿着蚕女给大永织的蚕丝毛衣，手握钢枪，站在边防哨所，脚踏茫茫的雪野，身披万道霞光，目视前方，守卫在边防线上，身后是我美丽的故乡。

凉风吹拂的夏夜

三伏天的夜晚，潮气黏糊糊地往身上贴，湿漉漉的，犹如掉入桑拿浴，喘不过气来。

窗外树上的知了烦躁地鼓噪着，让人心烦意乱。娘端来一盆凉水，让儿子把脚伸进去。一股凉爽沁入儿子的心底，儿子静下心来，开始批改学生作业。

只一会儿，水便失去了凉气，忽地，后背吹来一阵儿徐徐凉风，儿子知道，又是娘摇动了蒲扇。儿子放下笔，嗔怪地说，娘，我不热，你快去休息吧！

娘说，傻孩子，不热咋满脸大汗！娘仍然摇动着蒲扇。儿子忽然觉得那不是蒲扇，分明是一台永不停息的电风扇，瘦弱的身躯分明是一台永不停止的发动机，儿子的眼窝有了泪水。儿子心疼地说，娘，天气太热了，你自己扇扇吧！

娘笑笑说，老皮老骨的，出不来汗了。娘两鬓白发已被汗水洇湿了一片，浑浊的眼睛定定地瞅着儿子的背影，就像当年温情地瞅着丈夫一样。儿子的背影与丈夫的一模一样，看着看着，娘的心里好像有一阵儿凉风吹过。

娘，不要给我扇了……儿子的心不禁酸楚起来。娘老了，摇不动蒲扇了，摇着摇着便打起了瞌睡，片刻醒来，蒲扇又在手中摇起。

爹在世时，只要晚上给学生批改作业，娘总是给爹送上一杯凉茶，然后静静地坐在一旁，一下一下扇着蒲扇，直到爹批改完学生作业，她才肯放下手中的蒲扇，活动一下酸疼的筋骨，对爹说："早点歇息吧，明天还给学生上课！"

那年儿子高中毕业，儿子说，娘，爹不在了，你又没工作，家里没经济来源，我不想念书了，想去南方打工养活你！

娘生气了，"啪"给儿子一个耳光，这是娘第一次打儿子，打得很重。

娘噙着眼泪说，一个男子汉咋没一点出息呢，咋不像你爹呢？必须读大学，像你爹一样，娘早就给你准备好了！儿子知道，钱是学校给爹的抚恤金，娘曾经严肃地对他说过，爹的抚恤金不到万不得已时不能动，这

是你爹拿命换来的。家里即使困难到极点，娘也舍不得动爹的抚恤金。那年，爹突然晕倒在讲台上，再也没有起来。家里的天突然塌下来，压的娘腰变成了一张弓，头发一下子白透了。

去年夏季，娘得了重感冒倒在床上，汗水像下雨似的湿透了被褥，儿子说：娘，买台电风扇吧！

娘说：热点好啊！热点憋出汗排去了毒，病就好了！

这天晚上，儿子像往常一样，坐在台灯下批改学生作业。窗户敞开，没有一丝一毫的风。儿子把湿毛巾搭在脊背上，嘟囔一句：鬼天气热死人了！忽然，脊背有凉凉的风吹来，

瞬间，屋内飘荡着一片凉爽，儿子回头，一台落地扇立在身后。

老张的“手枪”

老张有个“手枪”，怪怪的动作，而且人人都惊诧不已，很不理解他的怪动作。不管见着谁，开口前总是将右手的中指、无名指、小指攥紧，将拇指和食指伸直，形成一个“手枪”的样式。作“手枪”的架势也就罢了，谁也不会和他计较啥。但他不仅作“手枪”的姿势，而且“手枪”不偏不倚，专指着人的胸膛，一脸冷漠的样子，嘴里嘟嘟囔囔说着“砰，砰”。尔后，好像觉察出啥，便满脸笑容，憨憨地说，不好意思，老毛病犯了。脸涨得通红，表示歉意，“手枪”不知所措、无规矩地乱动着。

老张不仅对我们草民这样，即使见到领导，也是同样如此，然后一脸笑容，温和地说，首长，不好意思，老毛病又犯了。领导却不怪罪他，而是冲他笑一笑，拍拍他的肩膀走了。这时，老张的脸哭皱皱的，皱着眉头，两手一摊，很后悔，很纠结，又无可奈何的样子。

老张是河北人，五十多岁，生的五大三粗，黑黑的脸盘，头发剪得短短的，眼睛不大，但很亮，衣着不修边幅，有些邋遢。但老张人不赖，科里有点啥活，都是他一马当先。不管谁喊一句，老张立马笑嘻嘻地，一溜烟跑出去，像年轻小伙子似的，腿脚灵便，活干得干净利索，不会儿满头大汗干完了。交给他的苦力活，你就一百个放心好了。当然谁求老张不白求，少不了一盒烟，或一包茶，扔过去，老张，拿去抽，拿去品尝。老张对同事的犒劳奖赏，从不推辞，满脸喜悦地拿走。

其实，老张在科里是个多余的人，我们科是给领导写材料的，老张文化低，不会写，再说，老张恍恍惚惚的样子，能写文字吗？科长对他放任自流，爱干啥干啥，从来不过问。可老张每天比谁来得都早，把室内卫生清扫得干干净净，然后给每人泡上一杯茶。科里的人会客气地说，谢谢老张！

老张就嘿嘿一笑，举手之劳，不必客气！然后再问科长，科长，今天我有啥任务？八小时，科里的人各忙各的，没人顾暇他。老张待在角落里，不声不响地胡乱翻报纸。

我来科里报到那天，第一个迎接我的就是老张。还没等我和科长打招呼，老张的“手枪”就顶到我的前胸，我不禁打个寒战。老张满脸笑容地说，欢迎你来我们科工作！

我眼睛瞪得溜圆，张着大口说不出话来，蹊跷，有拿“枪”欢迎的吗？老张嘿嘿一乐，脸红红的，不好意思地说，对不起，老毛病了。

我觉得老张这个人挺奇怪，挺有意思，但我是刚来的，不便多问。我纳闷，领导咋把一个有毛病的人放我们科呢？这不是胡闹吗？他也干不

了啥，只能跑跑腿，干点粗活罢了，我们科可是个举足轻重的部门呀！

有一天，小李的前男友来科里胡搅蛮缠，无理取闹，还动手将小李打的嘴角流血。谁劝也不听，谁拉也不好使，谁拉谁劝就和谁急，甚至还给了科长一拳。正在大家心急火燎、束手无策时，老张扛着修好的电脑回来了，老张将电脑一撂，“手枪”比量着，男人愣了一下，少顷，嘴角轻蔑地笑了，你个傻子，跟我练胆呢？说着拳头便伸了出去。眨眼工夫，老张一个翻腕将那男人制伏，趴在地上喊爹叫娘，脸贴在地面砖上，扭曲的像猪八戒，杀猪般地嚷着，大爷，我服了，你饶了我吧……

你要再找小李的麻烦，我就毙了你！老张的“手枪”拄着他的后脑勺。

闹翻天的事，瞬间平息了。我对老张佩服得不得了，从此我对他另眼看待。但是老张“枪”的动作，确实受不了，让我费解，他干吗始终这个动作呢？

国庆节我去参加我大伯儿子的婚礼，在婚礼上与老张相遇，而且大伯像对待贵宾一样，把老张请到上座。我愈加糊涂了。婚宴后，我困惑地问大伯，大伯讲了一段故事。

当年大伯在广西当兵，那年老山战役，战斗打得异常激烈。他们排是侦察排，冲在最前沿，还没等大伯觉察，突然一枚敌人的炮弹打过来。等大伯清醒过来，排长死死地压在他身上。大伯侥幸逃过一劫，可是排长的头部被炮弹皮打个窟窿，鲜血呼呼往外冒。排长昏迷了七天七夜，醒过来脑子……大伯眼睛闪着泪花。少顷，大伯问我，你知道那位排长是谁吗？

我疑惑地摇摇头。

就是他！大伯指指正在用“手枪”比量着，嘴里说着，“砰，砰”的老张。

我愕然了，但我还是不明白，领导咋把他安排我们科了呢？

你们领导过去是我们的老首长，把他放你们科，主要考虑你们都是文化人，有个好的人文环境，对他恢复脑记忆力有好处。

翌日一上班，碰见老张，我一脸笑容，“手枪”对着他，我说了一句，“砰……”

老张突然惊愣了，眼睛一亮，一脸幸福地问，你也是老山当兵的？

一双“回力鞋”

那年我上中学时，学生中时兴一种运动鞋，“回力鞋”，即柔软又有弹力，像海绵似的，穿起来特别舒服。鞋帮有两道红杠特别显眼，隔老远就瞧得很清楚，鞋底印有明显的“回力”二字。相当于今天的“耐克”、“阿里达斯”。当时谁穿双“回力鞋”，就象征着他们家有钱、有地位、有身份，班里甚至全校的学生的眼球会齐刷刷盯着，刮目相看，羡慕不已。

不久我被学校挑进篮球队。体育老师让我们买“回力鞋”。我央求母亲：妈，我是学校篮球队员了，老师说篮球打好了，将来不用上山下乡，可以被部队和工厂招去，直接参加工作。

母亲高兴地说，那好啊，那就好好打，将来参加工作挣了钱，也给家里帮衬些。

我嗫嚅地说，学校让买双“回力鞋”。

那得多少钱？母亲一听到钱，脸色立刻阴沉了。

我说，不多，就九元钱。

什么？九元钱？够咱家活半个月了，告诉老师咱不买，也不参加什么篮球队了。母亲没好气地说。

那姑姑怎么可以随便花钱。我不满地嘟囔着。我知道家里很困难很拮据，就靠父亲每月四十元养活一大家子。再加上姑姑患肺结核，常年住院治疗，花去家里大部分钱，家里哪还有一分钱。母亲是个勤俭持家的女人，每天天不亮就去郊区菜地，等人家把菜收拾完了，母亲把丢在地里的烂菜帮子捡回来，做成各种小菜，吃起来还挺香的。

母亲“啪”给我一个嘴巴子。小孩子懂什么，再胡说看我不撕烂你的嘴！我伤心委屈地哭了。奶奶在世时，姑姑和奶奶穿一条裤子，挤兑母亲。家里由奶奶主政把着钱，母亲一个子见不到。一年到头母亲只有一件蓝布衫子，姑姑可倒好每年都要换几件新衣服，还总瞧母亲不顺眼，经常和母亲吵架。我说，她跟你吵架你都忘了！

吵归吵，闹归闹，姑舅亲，辈辈亲，打断骨头连着筋！怎么说也是一个锅里搅马勺，血肉相连一家人，总比外人好得多。母亲说。

晚间睡梦中，“回力鞋”在我眼前朦朦胧胧地闪动，隐隐约约地听见外屋地叮叮当当的响声。

翌日，我上学时，母亲把一双布鞋递给我，看看合适不！我一瞧愕然了，布鞋的底钉着一层胶皮，我知是母亲的手艺。虽然很难看，倒也耐磨。我就一直穿着这双鞋打球，甚至到县里到市里，受到同学不少讥笑和奚落，我只能把羞涩心酸埋在心底。

暑假，母亲去水果公司钉水果箱子，我说我也去。我想，钉一个箱子一毛钱，十个就是一元钱，一百个就足够了。母亲高兴地说，好啊！母亲理错解了，母亲以为我帮她多挣几个钱，而我想自己挣了钱买双梦寐以求的“回力鞋”。那个暑期，我没歇一天，每天随同母亲拼命地干，手磨破了，磨出了茧子，血泡一片，我仍不觉得疼，一想到“回力鞋”，我就精神百倍，浑身有使不完的劲。

这期间姑姑回家一趟，还带来一个小伙子，跟父母嘀嘀咕咕说些什么。暑假结束时，母亲换回七十块钱。我兴高采烈地说，妈，这回我得买“回力鞋”了。

母亲马上把脸一撂，别买了，你姑马上要结婚了，这钱正好用得上。

我哭丧地说，七十块钱里还有我挣得呢，我用自己的钱买还不行吗？

母亲叹息地说，孩子听话，等把你姑打点出门子了，妈有了钱就给你买。你就这么一个姑姑，你奶临死前嘱咐我，一定照顾好姑姑，这是我当嫂子的责任呀！

我望着母亲为难惆怅的表情，喉咙哽咽，一时无语。我怨恨姑姑，都是她造成的，要不然“回力鞋”早穿脚上了。

初秋，姑姑的病好了，要出嫁了，我也考上了省体校。母亲乐得合不拢嘴，满面笑容地说，咱家双喜临门啊。那些日子母亲忙得不可开交，我的事却撇在一边，从不问津，好像我根本不是家庭一员似的。我气得噘着嘴，埋怨母亲，我上大学了，还穿这双布鞋呀！

母亲一心一意忙姑姑的嫁妆，并不理会我。我的心酸疼酸疼的，好沮丧。

姑姑出嫁那天，一家子兴高采烈，唯独我毫无反应，无一点高兴劲儿。我的学费无着落，只能望“校”兴叹了；我的“回力鞋”更是无着落，只能望“鞋”兴叹了。姑姑上婚车前（其实就是自行车，是哪个年代的特点），悄无声息地塞给我一双崭新洁白的“回力鞋”，又塞给母亲二百元钱。我顿时又惊又喜，惊喜地张着大嘴，竟说不出话来。

母亲擦拭着眼角的泪水说，本来你姑父要给你姑买双出嫁的皮鞋，你姑让给你买双“回力鞋”，这钱是你姑的彩礼钱，我不能动，等你姑回酒时再给她，刚出窝的鸟不容易呀！

我紧紧地把“回力鞋”捂在心窝上，浑身暖融融的。姑姑穿着她自己纳的布鞋走了，望着渐行渐远的姑姑，泪如泉涌。我默念着母亲那句话，一个锅里搅马勺……

漂亮的打火机

那时，我最讨厌抽烟，后来我却成了烟鬼。

小时候，父亲坐在乱晃的凳子上，一棵续一棵地抽劣质的旱烟。抽的满屋烟雾缭绕，乌烟瘴气，呛得我咳嗽不止，眼泪直流，捏着鼻子，不满地说，爸，你不要放毒了！父亲置之不理，烟卷的手指粗，脸腮一瘪，烟头一亮，一口浓烟吸进了肺部，脸腮一鼓，倏地从嘴和鼻孔喷张一股浓烟，如锅炉的大烟筒，呼呼地冒蓝烟。然后眯眼一笑，有滋有味地吧嗒着上下嘴唇。

我抽烟不是跟父亲学的，而是跟老队长学的。我下乡的村子是偏僻的大山沟，当地有句顺口溜：迈进四道沟，两山夹一沟，头顶一线天，步步采石头。山高坡陡，没一块完整的地块，巴掌大的一疙瘩一块的山地。虽然地块小，但山地肥沃，烟叶生的旺盛，叶子上一层厚厚的蜜，有股浓浓的清香味。生产队每年都要种些烟叶，秋天收下晾晒在生产队院落，然后卖给卷烟厂，换回钱给社员分红，社员一年的口粮和零花钱全靠这点烟叶了。

那时，青年点男生都学抽烟，当初见他们抽，我烦得慌，躲得老远的。那句刺心疼的话，迫使我改变了对烟的厌恶和反感，觉得烟是调和剂，它调和了我的人生命运。知青选调回城，有人当面提出，说我干活偷懒耍滑。我说，我啥时干活偷懒耍滑了。

铁锹把拄下巴，不是偷懒耍滑是什么？我哑巴吃黄连有苦说不出，那你们抽半天烟不算偷懒？人家说，那是养精蓄锐，更有精神头干好活。我哭笑不得，无言以对。不回城能咋地？非一棵树上吊死！

那天，修梯田，我凑到老队长身边，笑嘻嘻地说，老队长，给我卷一棵尝尝。

老队长愕然笑了，你小子也学好了。我像我父亲的样子，脸腮一瘪，烟头一亮，一口浓烟吸进了肺部，脸腮一鼓，倏地从嘴和鼻孔喷张一股浓烟，像锅炉的大烟筒，呼呼地冒黑烟。然后眯眼一笑，有滋有味地吧嗒着上下嘴唇。竟然没咳嗽，没流眼泪，有种前所未有的快意。

老队长兴趣地说，你小子会抽啊，还装秀眯，图省钱找媳妇！

好花绿叶扶，抽烟得有个像样的家什相配。我从哥们手里弄个漂亮的打火机，烧汽油的。劳动休息时，老队长总喊我，小子，把火机用一用，省几根火柴。我讨好地“啪”打着，给他点燃。望着蓝蓝的火苗，我心里美滋滋的，扬扬得意。

夏季烟叶青黄不接，储藏的老烟叶抽完了，新烟叶又没下来。村里有个供销社，两间房屋，一名女售货员，卖油盐酱醋日用品，当然也卖烟。每天上工时，我们就去供销社，拿出烟口袋，对女售货员说，来五分钱的烟。

女售货员从大叶烟底下抓一把碎烟末，塞进烟口袋。我们会说，再来点，不够。女售货员就再抓一把，直到口袋装得鼓鼓为止。男生轮流坐庄，每天有一人花五分钱买烟，大家抽，公平合理，谁也不吃亏。

村里不通电，晚间漆黑一片。有天晚上，我特苦闷，特想抽烟解闷。

同学们陆陆续续回城了，我家成分不好，回不了城能不苦闷吗？烟口袋空空如也，丁点烟末倒不出来。我正犯烟瘾，魔魔怔怔时，忽然发现大栾蹲在灶坑，边烧炕边抽烟。我火气地说，你小子不够意思，有烟抽独食。

大栾诡秘地乐了，从地上捡起一片叶子说，给你的！

我借着灶坑的火光一瞧，这哪是烟叶，分明就是豆叶！

大栾说，将就抽吧，不就是冒烟吗！

我狠命地抽了一口，又苦又涩，一股生豆子味，嗓子直呕。

夜晚，我悄悄去了老队长家，忐忑地说，听说公社给我们队一个工农兵大学生名额，我来农村接受贫下中农再教育五年了，老队长开开恩，让我去呗。

老队长默默地抽着烟，沉吟半晌说，公社能同意吗？你家成分不好……除非你有突出的事迹。我沉默了，泪水哗哗流，我这辈子算交给大山里了。

一个漆黑的夜晚，生产队晾晒的烟叶跺突然着火，瞬间火光冲天，映红了整个山沟。老队长站在院落岔声地喊，快救火呀！我第一个冲向火海，拼命地救火。火终于扑灭了，一跺烟叶烧成灰烬。老队长苦皱着脸，老泪吧嗒吧嗒落，砸在白灰上一串小坑。无奈地摊着双手，悻悻自语，完了，社员一年辛苦钱完了。我的衣袖裤脚烧得滴里郎当，头发眉毛烧出了焦煳味。老队长哭丧的样子，我的心一阵颤抖愧疚。

我因“保护集体财产”成了救火英雄，公社广播、县报宣传了我的事迹。公社决定把我送到大学深造，我堂而皇之进了大学。但是我却高兴不起来，郁闷纠结充溢着我的灵魂，我想抽烟解愁，却找不到打火机。

临别那天，老队长来到青年点，把我丢失的火机放在我眼前，低沉地说，这是现场捡到的。我递给他一棵烟卷，他摆摆手，戒了。

我呆愣了，望着老队长步履蹒跚的背影，我哭泣了，将打火机狠狠地扔进灰堆里。不点燃烟垛这把火，我能上大学吗？

甜甜的草莓

夜幕降临，万家灯火，路灯灰黄暗淡，天空不知啥时飘起了雪花，在灯光的映衬下，纷纷扬扬。路上行人零零星星，匆忙而过。小姑娘孤独地站在路灯下，身上落满了洁白的雪花，发帘被哈出的热气，融化成水珠，一滴一滴顺着发梢落到筐里的草莓上，嘴不停地喊着，草莓，新鲜的草莓……两只小手捂着冻红的脸蛋，双脚冻得不时地剁着雪地，声音有些颤巍巍的，显得很渺小脆弱。

我将大衣领立起来，围巾紧紧地裹住脖颈，口罩把整个脸遮住，只露出两只眼睛。快步地朝家奔去。

叔叔，你买草莓吗？就剩这些了，你就给十元吧！小姑娘冻红的脸蛋笑微微的。

我的心突然一动，手不由自主地去摸那钱，心里骂道，今天真够倒霉的，卖土豆的王八蛋，竟然骗到我头顶了，除非不让我碰见，如果碰见非揍扁了他不可，看他还熊人不！叔叔，你买草莓吗？小姑娘又说了一声，我才回过神来，我满是津津汗水的手，无声地将钱递给小姑娘，拿着找回的钱和草莓，我像贼一样迅速地逃离。雪花漫天飞舞着，小姑娘兴高采

烈地挎着篮子疾走在雪夜中。我躲在黑暗处，望着渐次渐远小姑娘单薄的背影，我的心不禁一阵儿痉挛瑟缩。我后悔了，悔得有些惶恐，为什么要买小姑娘的草莓呢？为什么要欺骗一个小姑娘呢？我咋和卖土豆的王八蛋一路货色呢？我朝着小姑娘去的方向，快步撵了起来，但是小姑娘已经无影无踪。

程大姐甜笑着将一包草莓放到我的桌上，小姜，大棚栽培的，才上市的新鲜草莓，很清香的，你尝尝。

我忙不迭地说，阿姨，这多不好意思，让你破费了！

我知道程大姐家里很拮据困难，自己带着一个孩子生活很不容易，咋好要她的东西呢？

程大姐是机关打工的清洁工，老公去了南方，一去几年杳无音信。程大姐为人和蔼热情，每天早早来打扫卫生，每个屋都清扫得干干净净，然后给每个房间装满一壶热水。程大姐是个诚实朴实的人，清扫卫生时，无论发现什么贵重物品，都会提示你，手机拉了，钱包忘了……所以大家非常信任她，只要在办公室的东西绝对不会丢失。那次，领导让我准备三万元，说是翌日走访慰问困难户。当晚我和几个朋友喝得五迷三道，第二天酒醒了，想起三万元来，不知放哪去了，还是丢失了？急得我满头大汗，程大姐笑呵呵地过来，昨晚清扫时发现你桌上放的，门也没锁，我就给收起来了。感动的我热泪盈眶，不知说啥好。

我在机关管食堂伙食，为报答程大姐，就经常把剩饭剩菜打包给她。每次给她时，她都眼圈湿漉漉地，女儿又有好吃的了！听说程大姐的女儿学习非常好，是尖子生，学校重点培养的苗子。

我说，孩子念书很辛苦的，营养跟不上会影响学习的。

我心里七上八下，忐忑不安，觉得做了一件亏心事，小姑娘可怜的身影总在脑海闪现。翌日傍晚，我又去了影剧院门前，小姑娘还站在那里卖草莓，但是旁边多了一个女人。我佯装漫不经意地样子，突然惊愣了，程大姐！

程大姐很热情地和我打招呼，小姜，你咋走这来了？

我诚惶诚恐地说，没事，随便遛弯……大姐你卖草莓呀？

女儿趁放寒假，卖点草莓想挣个学费钱，谁知昨天收到一张假钱，这几天挣得几个钱全赔进去了！程大姐长吁一口气，小姑娘眼泪汪汪的。

我的脸腾地红了，滚烫滚烫的，好在夜黑，不轻易看出来，要不然一定像红辣椒似的。羞臊的我，手足无措，就是没有地缝，有的话，我会一头钻进去的。

我双手来回搓着，羞愧不已，讪然地说，小妹妹别卖了，食堂每天中午都需要水果，从明天起，你每天送去一筐。小姑娘乐得拍着手蹦了起来。程大姐高兴地忙说，快谢谢叔叔！

翌日，小姑娘来送草莓。我很认真地问，假钱呢？

小姑娘从衣袋里掏出来，眼泪扑簌簌地落下。

我真想狠狠地扇自己一个耳雷子，换给叔叔吧！我有些哽咽。

小姑娘惊愣地看着我，叔叔，假钱不能花的，花那是犯法的！

我的心一阵儿战栗，尴尬地笑笑，叔叔不花，叔叔是收藏，收藏你懂吗？

小姑娘说啥也不兑换，非要送给我不可，我羞愧得无地自容。我说，如果你不兑换，叔叔就不要了。小姑娘没法了。我又说，你签个名字吧！

小姑娘大大方方地在假钱上签下了名字：程诗。

我默默念道，程诗，诚实……

首饰盒的秘密

从记事起我就没有爹的记忆，更谈不上爹的印象，打小就没见过爹，怎么会有爹的记忆和印象呢？爹这个词，在我脑海里只是缥缈的影子，空洞的想象，遥不可及的奢望。略微懂事后，我常常迷惘地问娘，娘，我爹是谁？

娘长长叹着气，那气很长很长，又很粗很粗，唏嘘中渗透着悠悠的哀怨，你爹早就死了。娘的眼窝便有了咸咸的泪水。

那时，我不谙世事，缠着娘，爹长得啥样？

娘又是长长叹着气，眼睛望着远处的青山，那眼神好像飞过茫茫的青山，一马平川的原野，潺潺流水的清河，飞向遥远的远方。混浊的眼睛透着一丝亮光，满是皱褶的脸上，微微地甜笑，你爹他高大帅气英武……我脑海里有了朦朦胧胧爹的影子。我常常把爹的影子与老村长相比，甚至常常想，老村长要是我爹多好啊！他是那么英雄，那么受人敬重爱戴。直到有一天那件事的发生，我才模糊地认为，老村长可能是我爹，老村长就是我爹！

月光下，老村长边收拾柴垛边对娘说，兰兰，过去这么多年了，别想了，你娘儿俩过的是啥日子，你要不嫌弃我，我们就凑一块凑合着过吧，娃总归有个爹不是。

娘的头摇得拨浪鼓似的，泪水顺着脸庞流淌。我躲在阴暗的墙角偷偷抽泣。

我和娘孤儿寡母，日子过得艰难困苦。娘每日拖着瘦弱的身子劳作在田间，晚间，煤油灯下，编草帘子换得一点油盐酱醋钱。娘识字，听老村长说，娘年轻时在省城读过书，可娘从来不说这段事情。娘时常被批斗，说娘是地主家的大小姐，国民党的特务。娘默默无语，不掉一个眼泪结。

老村长经常帮娘扶犁种地，挑水打柴，拉车送粪，脏活累活都是他扛的。冬天大雪封山，老村长扛着猎枪上山，回来总是拎着野兔，或是山鸡，我就可以香香地吃上一顿美味。老村长抿着老酒，捋着胡须，摸着我的头，心悦地说，娃，长大好好读书，像你娘一样有文化，有学问。老村长神秘地告诉我，娘在省城读书时，有一个对象……娘过意不去，时常给老村长煮碗荷包蛋。老村长就生气地说，这干啥，娃正长身体，需要营养哩。他就端给了我，我便风卷残云吞下去。

老村长打过小日本、国民党，那只左胳膊就是被小日本炮弹炸没的。后来老村长复员回来当了村长，再后来年岁大了，就让给了年轻的后生。老村长虽然只有一只胳膊，但那只右臂却力大无比，村里几个棒小伙子扑搂不倒他。

我在村上的小学读书，常常被狗蛋、二驴子欺负，他俩骂我是地主婆的狗崽子，是小特务。我气咻咻地说，我不是地主的狗崽子的，我不是特务，我爹是老村长。我不知道我为什么会说老村长是我爹。便不服气地和狗蛋、二驴子厮打一起。老村长经过，揪着狗蛋和二驴子的耳朵，小兔崽子，再敢欺负春阳（我的名字）我捏碎你的卵子，让你找不到媳妇。我抱着老村长痛哭流涕，央求道，你当我爹吧！后来我才知道，老村长的命根子被子弹打没了。

老村长嘿嘿地笑道，我当不了你爹的，你是有爹的！

我擦把泪水，问道，我爹在哪？

老村长神秘地笑着，不吭声。然后老村长讲了一个故事。那年，我被国民党特务抓去，在赴刑场时，一个年轻的军官在执行时，子弹只穿透我的左膀，而没有打到致命的要害，我逃过一劫，死里逃生。那是个好人呀！老村长沧桑的脸上流满了泪痕。

娘有个首饰盒，精致漂亮，娘不许我动。我感觉好奇蹊跷。那天，娘去地里割稻子，我悄悄把盒子打开，顿时大惊失色，吓得魂飞胆丧，心怦怦乱跳，脸色煞白。盒里有一张发黄的照片，照片上一位年轻人，身着一套国民党的服装，头上戴着大盖帽，很英俊，很威武，很帅气。我恐慌得腿像面条似的，瘫软在地上。从此，我忐忑不安起来，对谁不敢透漏半个字，即使老村长我也牙齿紧闭。

娘每隔几个月便出趟远门，说是去舅舅家看望姥姥，每次都准备好几天，做很多好吃的，包到一个花布包里。那几天娘特别高兴，脸上洋溢着笑容。我纳闷，哀求娘，娘，你带我去舅舅家看姥姥呗！

娘笑眯眯地地说，娃听话，我去个三两天就回来，好好上学，别耽误课程。我噘着小嘴流泪。我曾问过舅舅，舅舅说娘从没来过，怕连累他们。

转眼间，我长大成人，上了大学。但那个盒子始终是个谜团。我常常抱着盒子坐在阳台上，一泼月光洒在屋地，斑斑驳驳，遥望满天的繁星，苦苦思索。

一个艳阳天，我回到家里，老村长和一个老者坐在炕上谈笑风生。我霎时惊愕疑惑。老村长满脸笑泪，说，春阳，来，这就是你日日夜夜思念的爹！

我爹？三十多年了，突然冒出个陌生的爹呢？我呆愣了。

老村长说，你还记得当年我给讲的那个好人吗？我点点头。

你爹是我们党打进军统的地下党员，当年受中央首长直线领导，这回是中央首长给打的证明，你爹才从监狱出来的。好了，一切都过去了！

我心情沉重地捧出首饰盒，泪如雨下，一腔苦水，顷刻喷涌而泄，爹……这是娘一辈子守护的唯一的爱！三十多年了，第一次艰难地喊出了“爹”。

生命延续的凋零

宏和莲跪在地上狠命地摇晃着老医生的胳膊，泪水飞溅，磕头捣蒜地拜托着，苦苦地哀求着。老医生满脸乌云，眉头颦蹙，张开双臂，摇摇头，无可奈何……

四年前，宏和莲双双下岗，生活无着落，加之刚刚结婚，欠了好大一笔债，光买房就欠下十几万债务。愁得没法没地的，牙一咬脚一跺，两人一狠心漂洋过海去日本的纺纱厂打工了。在异国他乡无暇欣赏异国的风俗人情，无暇光顾美丽的富士山，倾全部精力拼命地埋头苦干，豁出命没白没夜地干，干，干。找两份工作，每日要干上十几个小时。宏和莲的身体有些吃不消，体质透支过度，宏和莲已经面黄肌瘦，俩人咬紧牙关相信坚持就是胜利，脑海幻想许许多多的希冀和企盼。

每当满天星斗时，宏和莲相依相拥，遥望着北斗星，喃喃自语：就快回家了。莲泪眼婆娑地依在宏的怀里，温情脉脉地说：宏，一回国我就给你生个大胖儿子。两人望着明媚的月亮，甜蜜地笑了。

三年异国的浴血奋斗，宏和莲还清了债务，回到生他养他的这座城

市。用积攒的辛苦钱开了一家“日本服装店”。生活有了着落，事业开始起步，日子平静而温馨。

那日，宏和莲参加一位朋友孩子的满月酒宴，凝视着人家胖乎乎的小宝宝，莲的心酸楚楚的，亲吻着小脸蛋不肯松开。那女人说：莲，你也该有孩子了，没有孩子，那可不是完整的女人，幸福的女人，孩子就是希望啊！

莲腾地脸红到脖颈，心想哪个女人不想有自己的孩子，可我怎么就生不出来呢？

宏和莲的心一阵震颤紧缩，双目相觑，满脸羞涩、尴尬。是啊！是该有爱情的结晶了。虽然两人很幸福，很快乐，但生活中却缺少最根本的生命纽带。闲暇时觉得很空虚，尤其夜深人静相拥相依时，阵阵寂寞、凄凉袭击着，不免伤心落泪。于是宏和莲开始翻江倒海，每日折腾着，然而却没有半点功效，莲的肚皮还是平平的，宏着急了，莲喋泣了。

实在没法了，宏和莲羞怯地走进一家诊所，该检查的都检查了，该化验的都化验了，好一阵翻腾，医生肯定地说：没问题，一切正常。

可是一年后，莲的肚子还是平平的，没有一点起色。宏愈加着急了，莲愈加伤心了。宏的母亲无数次打电话追问：儿啊！你三十多岁了，该要个孩子了，老娘都黄土埋脖梗了，想抱孙子啊！

宏和莲听了老娘沧桑哭泣的话语，心里好痛好痛。宏的父亲去世得早，母亲守寡一辈子，一把屎一把尿把他抚养成人，她那望眼欲穿想抱孙子的心情是难以想象的。莲气急败坏地捶着自己的肚子，歇斯底里喊叫，都怨我啊，我咋这么不争气呢！

每每夕阳西下，残阳如血时，两人依偎在广场的休闲椅子上，看那一群群鸽子于血染的天空中自由自在地翱翔，一对对鸽子相爱亲吻着，就想起在日本打工的日子……心里便苦涩苦涩的，不是滋味。远处一个小孩在草坪上跑来跑去地嬉戏着，莲触景生情，潸然泪下，眸子涌满着滚烫的泪水，火热的企盼。下意识喊了一声小孩，小孩回头惊奇地望望又慌张地跑了。莲甚至不敢见熟人和姐妹，觉得自己很羞愧，脸面没光彩。背地里不知哭了多少次，落了多少泪，可是又有什么办法呢？

宏和莲再一次迈进省城的医院。老医生奇怪地瞅瞅宏，又瞅瞅莲，愠怒地说：你们俩人体内都有某种避孕要素，能怀孕吗？你们是真不懂，还是假装不懂生育知识啊？

宏和莲霎时愕然，异口同声地说："没有啊！想孩子都想疯了，怎么会避孕呢？"

老医生懵懂了，好一顿刨根儿问底，又皱着眉头深深地思考良久，这是他从医三十多年来第一次遇到的棘手问题。老医生又追根究底家族史，没问题啊？

莲突然想起一件事，立刻惊恐万分，不敢想象。

那还是在日本打工时。一天傍晚，二人好不容易有了闲空，来到名谷屋的广场，那里的鸽子铺天盖地，落在两人身上、肩上、手上，温柔地盯着他俩，然后"咕咕咕"地飞走了。莲徒然有种奇特的想法。于是莲便每日偷偷抓只鸽子炖上，补补虚弱的身子。日本的物价高得不得了，两人节衣缩食，舍不得吃，脑袋总是晕沉沉的，打不起精神头，鸽子拯救了二人。

老医生觉得蹊跷、纳闷，查询了大量的日本资料，终于揭开了秘密。老医生不得不把这个残酷的事实告诉宏和莲。老医生长长叹着气说：日本为了控制和保持鸽子一定数量的繁殖，在饲料中放了避孕药物。对鸽子没有大的影响，但人吃了避孕药的鸽子，将造成人体内终身残留避孕要素，也就是说将终身无法生育。

宏和莲犹如五雷轰顶，晴天霹雳，霎时呆若木鸡，泪水横流，悲恸欲绝，多少年的希冀、企盼像泡影一样，瞬间毁灭了，消逝得无影无踪……

送 灯

在辽宁南部的乡村有个风俗习惯，叫送灯，当然提灯笼的人，就叫送灯人了。

村里的侯五爷就是送灯人。谁家死了人，在出殡的头一天傍晚，本家族的亲属以及乡里乡亲的人，抬着纸扎的车、马、牛等，排着长长的队，寻个僻静的十字路口，将纸扎的物什燃烧掉。侯五爷手提一个灯笼，摇摇晃晃，颠颠簸簸地迈着小四方步，忽闪忽闪的灯火随着侯五爷的起落，晃晃荡荡，嘴里不停地念叨着，“西天大路，前程光明”之类的吉祥话语。说是这样会给死去的人照亮一条光明的大道，好顺顺当当地到达天堂，来生六道轮回再脱生为人类，否则就不知脱生什么了。

侯五爷在兄弟中排行老五，年轻时村人称为侯五，年老了村人称为侯五爷。侯五爷两岁时，爹娘就相继谢世了。身上的四位哥哥早早成家立业，留下一处老宅扔给了他。

那年冬天飘雪花时，侯五爷和几个小哥们在村里一户人家帮着办丧事，瞧着送灯挺有意识的，便跟他师父李疤偻头学会了送灯。谁家死了人不用喊他，保准第一时间到现场。目的为了讨碗酒喝，混几顿饭吃，丧家还得敬为上宾，末了给打个包，揣几个小钱。后来李疤偻头死了，侯五爷独挑大梁，十里八村的没有不认识侯五爷的。

侯五爷早年读过几天私塾，毛笔字写得特别漂亮，提笔一蹴而就，浑厚潇洒，人见人佩服。办丧事需要写写画画的，就派上了大用场。

村人说，送灯这手艺，好汉没人干，懒汉还干不来，干这行的都是些不精不傻的半膘子的人才干得来。侯五爷不用下地干农活，兜里总有些丧家送的劳神钱，闲暇无聊时，侯五爷坐在小酒馆里，喝着小酒，与人聊天，谈论着谁家的坟茔地好，下辈子出了大学生，当了大官，谁家的坟茔地犯病，下辈子出了傻子，穷得叮当烂响，诸如此类如何如何。然后醉醺醺地迈着画地龙的步子，哼着小曲，迎着雪花，顶着小北风，悠然自得，好不惬意，朝着那个东倒西歪冷冷清清的老宅晃去。

侯五爷一辈子没娶上老婆，干这阴曹地府的活计，整天与鬼魂打交道，那个姑娘敢嫁给他就出鬼了，大姑娘见到他就像遇见鬼蜮似的，战战兢兢吓得躲得远远的，觉得他身上有一股阴冷的寒气，让人不寒而栗，毛骨悚然，谁嫁给他一辈子晦气、丧气也难于洗涤掉。因而侯五爷一辈子骷髅棒子（光棍）。据村人讲，侯五爷年轻时，与邻村的一个寡妇很要好，时常用兜里的钱讨好寡妇，舒服一夜算一夜罢了。后来那寡妇随女儿去了省城，关系也就断了，侯五爷再也没贴别的女人。

那年，老村长死了。老村长的儿子找到侯五爷，求侯五爷给他爹送灯。侯五爷紧闭双目，一声不吭，说什么就是不挪地方。他忽然想起“阶级斗争”那年月，老村长当年是大队的革委会主任，只不过村人习惯叫老村长罢了。老村长领着一群民兵，将他五花大绑，戴上大尖帽子，挂上大牌子，游斗乡里。说他搞封建迷信活动，肋骨打断好几根，将他师父传给他送灯的那些家什砸个稀巴烂，从此侯五爷怀恨在心。再后来“阶级斗争”结束了，他又重操旧业，吃香的喝辣的，乐哉悠哉。每每遇见老村长，哼着小曲，扬扬得意，趾高气扬，有时借着酒劲指着老村长骂骂咧咧的，当然谁也不会和他计较。

老村长的儿子看侯五爷无动于衷，便扑通跪地哭泣着说：五爷你

千万不要记恨我爹，那不是我爹的主意，那是公社革委会主任逼他干的。不管怎样，爹已经走了，你也就算解恨了，就可怜可怜我死去的爹，给他送个灯吧。

侯五爷的泪水流淌在沧桑的脸上，战战栗栗的，迈着沉重的步履，给老村长送灯了。

侯五爷这些年老了，老的背佝偻得两头扣一头，脸皮老的像松树皮似的松松垮垮，阡陌纵横，走一步掉一块，就像一只老乌龟慢腾腾地爬着，再也送不了灯了。侯五爷成了真正的老骷髅棒子，祖上留下多年的老宅也轰然坍塌。新村长看他怪可怜的，便将他接回了自己的家，单独安置了一间房子，他成了村里五保户。新村长就是老村长的儿子。有人说老村长的儿子能当上村长，还不多亏侯五爷当年给他爹送灯送得好，给后代积了阳德。当然没人去考证他的真假。

那天月上树梢时，天干冷干冷的，刮着嗖嗖的西北风，侯五爷不行了，上气不接下气，张着血盆大嘴，眼睛瞪得溜圆，怔怔地瞅着老村长的儿子。老村长的儿子新村长安慰他说："五爷，你放心吧，说什么也给你送个灯。"

侯五爷奄奄一息地说："送什么灯啊？"声音小的只有蚊子声。又断断续续地说："我送了一辈子灯，到头来不也是光腚来光腚去的，那些都是死人给活人看的，我无非想混口饭吃罢了……"

侯五爷死了，老村长的儿子新村长不让给送灯，新村长流着泪，在侯五爷的坟墓周围撒了许多五谷杂粮。

哑　炮

哑炮真的变成哑炮了，一句话也说不出来。

哑炮躺在病榻上，病成那样了，还依然不老实。话吐不出来，嘴唇能动，眼神不差，一脸故事。哑炮的嘴不停地“嘎巴”，却发不出声音，急得他胡乱地比画，好像有许多笑料段子，不吐不快似的。

那天，哑炮吃个大哑巴亏。他正讲得兴致勃勃时，忽然脸上重重地挨了一巴掌，顿时两眼冒金花，血水从嘴角流出，捂着通红的脸，愣怔地问：“你怎么打我呢？”

“母老虎”叉着腰，亮着大嗓门：“我打的就是你这张臭嘴！”

哑炮也是的，你给谁编段子不好，偏偏给“母老虎”编了。“母老虎”是好惹得吗？她是死了丈夫的寡妇，长得五大三粗，足足高出哑炮一个脑袋，号称“母老虎”，捏他不像捏小鸡似的。“母老虎”虽然半老徐娘，依然风韵犹存，蛮有几分姿色。“母老虎”骂着觉得不解恨，一把揪住哑炮骑在身上，嚷道：“你不说老娘搞破鞋吗，来呀！我今天就跟你搞，小样我整不死你。”说着手猛地攥紧哑炮裤裆的玩意，哑炮疼得“嗷嗷”叫唤。大家怕事闹大，忙急三火四地拽开“母老虎”。哑炮趁机从地上爬起来，双手捂着裤裆屁滚尿流地跑了。

哑炮住了一天院，出院后找到“母老虎”，一脸苦相说：“我命根子被你打坏了，你得赔我。”“母老虎”一听，气不打一处来，霍地拎起菜刀就砍，哑炮吓得一溜烟跑了。

让“母老虎”一顿臭骂和“拳头炖肉”，你哑炮该接受教训呀！然而恰恰相反，没隔两天，哑炮照讲无误。见到“母老虎”还嬉皮笑脸的，“母老虎”气得说，你简直就是没脸皮的屎壳郎。

哑炮今年四十挂零，至今未婚。就他那个熊样，那个女人敢跟他，长得短粗胖，鼓凸的青蛙眼睛，头顶锃亮，没几根毛发。自己还美其名曰：贵人不顶重发。

大家就哧哧地笑，哑炮要是贵人，我们算什么？

哑炮在机关咸肉一块，充其量就是个办事员。上有主任，下有一群秘书干事，能有他啥事。可是，一旦有物资采购，主任肯定让他去办，用主任的话说，哑炮办事我放心。其余的事主任就不管了，你爱干啥干啥。哑炮很悠闲，但他仍然忙个不停，腿脚勤快，嘴不闲着。每天东溜溜，西逛逛，各科室走一遍，他就完成任务了。好像不走一圈，心里就不舒服，空落落的。哑炮的走是有程序的，绝不乱码，先到几位官人屋里转一转，然后再转各科室。口若悬河讲一番段子，逗得大家捧腹大笑。也不知他从哪学来的，每天讲的绝不重样，天天都有新内容。哑炮讲得有声有色，五官不时地扭动着，浑身都是笑料，可与小品演员一比高低。下班铃声一响，打道回府，因为没人犒赏他的膳食。哑炮乐趣地说，不说不逗不热闹，笑一笑十年少……

如果哪一天机关没了新鲜段子，大家准会问：“哑炮今天咋没演出呢？”

久而久之，大家觉得哑炮不张嘴巴，似乎索然无味了，没意思了。有时大家闷了，便喊：“哑炮讲一段，开开心。”哑炮便精神抖擞地白话起来。

那天，哑炮怒气冲天地闯进汤副经理的办公室，进门就扇了汤副经理两耳雷子。打得汤副经理晕头转向。汤副经理愤怒地说，你小子狗胆包天了，敢打领导。哑炮火冒三丈，愤然地说，我打得就是你这个色鬼，敢在太岁头上动土，你知道她是谁的吗？你不怕你老婆知道你那些尿臊事？然后不紧不慢、一句一顿地说道：“你某年某月某日在某某地方，找小姐被派出所罚款五千元……”

原来，“母老虎”那天给汤副经理送文件，汤副经理公然在办公室调戏“母老虎”，这事让哑炮知道了，哑炮气得咬牙切齿地骂道：“你欺负一个寡妇，看没男人了是不是？”

汤副经理顿时哑然，气得浑身打战，慌忙说：“你别说了，我服你还不行吗？”

据说汤副经理想用钱买断哑炮的嘴，哑炮说：“我是缺钱，但我不卖。”

后来汤副经理被检察院抓走了，据说是哑炮举报的，但哑炮一口咬定不是他干的。

哑炮得了喉癌，手术后换个塑料假嗓子，发音沙哑。那天大家去医院看望哑炮，越是听不清楚他说什么，他越是猴急地说。一句话大家听得非常清楚，我给“母老虎”编段子，是有目的的……说完，狡黠地笑了。

“母老虎”站在一旁愠怒地说：闭上你的臭嘴，好好休息。

大家都笑了，心想，哑炮这回恐怕真的变成一门哑炮了。

小炉匠三爷

记事那时起，三爷就挑着一副小担子，扁担不长，磨得油光锃亮，挑在肩上颤悠悠地蹒跚着岁月。扁担木质是多年生的槐木做的，韧性柔软且光滑。扁担两头吊着木箱，扁担头挂着一对铜质的小铃铛，铃铛随着颤悠的扁担左右摇晃着，发出清脆悦耳的叮叮当当的铃声，犹如一首美妙的乐曲，回荡在原野和乡村的炊烟中，村民便站在庭院喊着，小炉匠来了！

三爷挑着担子慢慢悠悠，不急不火地走街串巷，随着悦耳的铃声，不高不低，张扬着粗犷浑厚的嗓音，锔盆、锔锅、锔碗来……那声音不是喊的，好像唱出来的，曲里拐弯的有些东北小调味。村民称锔锅碗瓢盆的为“小炉匠”。

那年头，村民日子过得紧巴巴的，舍不得买新的，便把打碎的锅碗瓢盆留着，等三爷修理。小炉匠，瞧瞧给修补修补。

三爷便爽快地说，好嘞，一会儿就好。宽裕人家就扔个三角两角的，穷家的三爷就尽义务了。

三爷的工具很简单，一个自制的手钻，一盒自制的锔钉，一包白石灰。那钻头大小不一，尤其修补碗的钻头像绣花针似的，精细锃亮。锔好的锅碗瓢盆准保滴水不漏，村民赞不绝口地说，三爷真是好手艺呀！三爷一脸喜悦。

三爷每十天半个月回趟家，每次回来一进院便亮着嗓门，铁蛋……一听见三爷叫我，急忙连蹦带跳地跑过去，三爷准会给我带好吃的，糖果了、槽子糕了、烧饼……

三爷蹲下身笑嘻嘻地说，铁蛋让三爷摸摸小鸡鸡，三爷给你好吃的。我就高高兴兴、大大方方地把活裆裤褪下，让他摸个够，然后我就美餐一顿了。有时娘嗔怪三爷说，不要老给孩子买东西，都娇惯坏了。三叔，你也该积攒几个钱，好娶个三婶呀！三爷脸色立马不高兴，愤然地倒背着手拂袖而去。

有时三爷好长时间没回来，我的肚子就像长了馋虫似的，一个劲往上蹿口水，便问娘，三爷怎么还不回来？

娘抚摸着我的头说，你个小馋猫，快回来了。

三爷不在家时，我就到处给他拣铁丝，闲暇时三爷就把铁丝掐成一段段的，用小铁锤精心地敲打成各种各样的锔钉，我就蹲在一边看他专心致志的样子。

三爷是我爷的三弟，和我家住对面屋。太爷临死前将五间房一劈两半，三爷一半，我爷爷一半。三爷那时四十多岁，光棍一条，靠小炉匠的手艺，日子过得到也有滋有味。时常从镇子拎回一快猪肉，娘给炒上两个菜，然后用铅壶灌上四两酒，放到火盆上温烫一下，便和爹晕晕乎乎喝着。每每喝酒时总是拽着我，我扭着头捂着嘴不喝，他就强逼着我喝，男子汉哪有不喝酒的，酒壮英雄胆嘛。我贪图他的好吃的，便抿一小口，辣得我直流泪，然后他就哈哈地大笑起来，笑得很惬意，很幸福。

有一次，我悄悄地问娘，三爷怎么不娶老婆呢？

娘嘘叹一口气，眼圈噙着泪花说，早先当兵时，有一个女人，后来那女人让美国佬给炸死了。娘说完还叮嘱我，千万不要在三爷面前提这事。我很纳闷懵懂。

那年过年，娘让我陪三爷去洗澡，我突然发现三爷的肚子有一长长的刀疤。

我惊诧地问道，三爷，刀疤怎么来的？

三爷的脸冷酷着骂道，他娘的，让美国佬咬的，那美国佬蓝眼珠、黄头发、大鼻梁，我一个急翻身活活地把那小子掐死了。说时三爷满脸自豪感。

三爷有个油漆盒，谁也不许动，连爹都不敢动。有时我偷偷地瞧见他边擦油漆盒，边潸然泪下。我愈加对油漆盒有种神秘感了，想方设法想探个究竟，可三爷就是不允许，总是用把大铁锁锁得严严实实的。

后来我考上大学，离开了家乡。油漆盒在我的记忆中慢慢淡忘了。三爷年岁大了，走不动了，不能做小炉匠生意了。再说，现在谁家还锔锅碗瓢盆呢！三爷的手艺也就失传了。

我小时候很想跟他学小炉匠手艺，觉得有吃有喝多好啊！可是三爷

死活不教，瞪着鼓铮铮的眼睛发怒，教训我说，铁蛋你不能像三爷呀，这辈子没出息，你得好好做学问，将来干点大事。

我不明白三爷的意思，也拗不过他，只好乖乖地每天背着书包上学。念中学时，学校的生活很艰苦，我住校经常吃不饱。三爷隔三岔五到学校塞给我十块八块的。我站在校门口，望着他花白的头发，佝偻弯曲的腰，苍老的背影，忍不住泪水直流。

我大学毕业到县城工作时，三爷高兴得老泪纵横，逢人便讲，我们家的祖坟冒青烟了，瞧见没，我孙子多有出息。

那年春天，省里来了两个当官的，到村里说是要找三爷。三爷早在两年前就入土了。我和爹索性砸开三爷的油漆盒，一个小布包层层展开，一张照片赫然眼前，我不禁惊讶。三爷全副武装挺立着，红光满面，精神焕发，旁边一位姑娘身着军装，腼腆地笑着，满脸青春笑颜，还有一枚闪闪发光锃亮的勋章。那两个人眼睛一亮，突然说，就是他，就是他，上甘岭的英雄。

后来三爷和姑娘的照片，还有那枚勋章就陈列在抗美援朝的纪念馆里。